Mewes Maren

Windig

Ein Logbuch-Roman

TWENTYSIX
Eine Marke der Books on Demand GmbH

Herstellung und Verlag:
BoD – Books on Demand, Norderstedt

ISBN:**978-3-740-78378-5**

Prolog

Ein merkwürdiges Gefühl nach Monaten wieder in unserer Wohnung zu sein. Das Altvertraute ist mir fremd geworden, obwohl Willy nichts verändert hat; nicht mal seine Unordnung.

Ich sehe mich gründlich in den Zimmern um. Nach Anhaltspunkten, wo mein Mann jetzt sein könnte. Der ist nämlich in Urlaub gefahren. Seit ich mich mit Willy in eine kleine Ehekrise verkracht habe, ist mir eigentlich auch egal wohin. In vier Wochen muss er ja ohnehin zurück sein, um als Zeuge in einem Prozess auszusagen.

Aber dann rauscht Sana mit einer Riesenwelle und der Sorge an, dass irgendwelche Bösewichter eben das verhindern wollen. Sie wären Willy schon auf der Spur.

Ihre Aufregung hat wohl auch damit zu tun, dass Karlheinz ihr nur einen Zettel hinterlassen hat: „Ich kann Willy jetzt nicht im Stich lassen. Besser du weißt nicht, wohin wir fahren. Zu deiner eigenen Sicherheit. Tut mir leid. "

Bisher habe ich nicht den geringsten Hinweis gefunden und das Telefonat mit Sana bestätigt, dass es ihr nicht anders geht.

"Wir kennen die beiden doch so gut, dass wir eigentlich darauf kommen müssten, wo die beiden sind", grübelt sie.

Ich gehe die Zeit mit meinem Mann noch mal durch, erinnere mich an gemeinsame Erlebnisse und schöne Momente.

Okay, jetzt ich vermisse ihn, aber das bringt mich auch nicht weiter. Oder doch? Unser letzter Umzug liegt schon Jahre zurück. Aber im Keller stehen noch einige Kartons.

Keine Ahnung, ob wir die noch nicht ausgepackt oder inzwischen etwas anderes hineingetan haben.

Egal. Ich mache mich auf die Suche. Nicht einfach. Entweder gibt es keine Beschriftung oder gleich mehrere oder das was drauf steht, ist nicht drin.

Eine Stunde später habe ich die Hälfte der Kartons durchwühlt. Erstaunlich, was für ein Zeug wir aufgehoben haben.

Auch als mir eine schmale Folienmappe in die Hände fällt, die mit großen Buchstaben beschriftet ist, denke ich mir nichts dabei.

Erst als ich die Überschrift „Bordpass" lese, legt sich in meinem Kopf ein Schalter um. „Da war was" flackert ein Gedanke auf, bleibt da und gibt mir erst Rätsel auf und sich schließlich zu erkennen.

Die Unterlage in der Hand renne ich nach oben hin zum Telefon. Sana nimmt sofort ab. "Und?", fragt sie ohne abzuwarten, wer sie überhaupt anruft.

"Ich habe da eine Idee!", komme ich sofort zur Sache, „Willy hat wahrscheinlich ein Boot gechartert. Und zwar In seinem Lieblingsrevier!" Sie ist regelrecht aus dem Häuschen. "Ja und?" "Griechenland!" "Gut! Und wo da?"

"Er ist oft in der Ägäis gesegelt!", überlege ich laut. "Wo genau? Lass dir doch nicht jedes Wort aus der Nase ziehen!" "Na ja, eben irgendwo in der Ägäis!" "Die ist groß! Und irgendwo ist keine Ortsangabe?"

Ich schaue noch mal auf den Bordpass: "Warte mal. Er hat immer über eine Agentur in München gechartert. Da kann ich doch mal anrufen."

"Meinst Du die sagen Dir etwas? Müssen die nicht auch vertraulich mit ihren Kundendaten umgehen?"

"Ich sage einfach, dass wir getrennt anreisen und ich den Namen unseres gecharterten Schiffes nicht mehr wüsste. Leider hätte mein Mann sein Handy zu Hause liegen lassen. Vielleicht bringe ich noch heraus, in welcher Marina er das Boot übernimmt und wo er es abgeben muss. Er chartert ja meistens ´one way´!"

Gesagt getan. Ich erreiche die Vermittlung erst am nächsten Tag. Erfahre den Schiffsnamen, dass es eine 38er Bavaria ist und den Namen der Marina, wo das Boot übernommen werden soll.

Sogar den Zielhafen bekomme ich heraus. Willy hat das Boot für vier Wochen gechartert. Und zwar ab heute!

Sana: "Am besten wäre es, wenn wir uns da auch ein Boot mieten und hinterhersegeln würden."

Ich komme nicht mal dazu den Kopf zu schütteln, da schiebt sie hinterher: "Könntest Du denn den Skipper machen?"

Ist das ihr ernst? Ich spüre einen Stein im Magen. Die Angst vorm Segeltörn? Die ganze Verantwortung läge ja bei mir!

Bloß das nicht. "Ich habe zwar den Schein damals Willy zu Liebe gemacht, aber nein, das kann ich nicht. Muss ich auch nicht, man kann da auch einen Skipper gleich mit chartern. Ein Grieche oder ein Aussteiger, der da lebt. Die haben die beste Revierkenntnis!"

Hätte ich doch die Klappe gehalten. Den Weg für eine Lösung des Problems zu finden ist das Eine; ihn dann aber auch zu gehen, eine ganz andere Nummer.

„Meinst Du nicht, dass so eine Aktion völlig übertrieben wäre?", rudere ich zurück.

Sana: „Wieso das?" Hmh? Was soll ich denn dazu sagen? Außer: „Vielleicht hat dein Kollege sich ja geirrt. Müsste denn da nicht die Polizei aktiv werden." Sie schüttelt den Kopf. „Die haben doch keine Ahnung, wo Willy ist oder wer hinter ihm her sein könnte."

Mein Gott, die will unbedingt in die Ägäis. Mit einer Yacht. Sie weiß doch gar nicht, was sie erwartet. "Willy hat mir damals so einiges über diese Charter-Skipper erzählt; manchmal verkrachte Existenzen, Trinker und Machos. Und da wir keine Zeit haben, können wir nicht wählerisch sein!"

Sie zeigt sich wenig beeindruckt. Also beschreibe ich ihr, was bei so einem Törn auf sie zukommen wird.

Die beengten Verhältnisse an Bord einer kleinen Yacht sind ihr egal. Ich male den Teufel an die Wand; ein düsteres Bild der Gefahren, die Wind und Welle mit sich bringen können. „Die Ägäis gilt nicht umsonst als Poseidons heißestes Pflaster."

„Wie heißt der Wind da noch? Meltemi? Das klingt doch ganz heimelig!", lacht sie mich aus..

Hmh? Sana lässt sich von diesem Segeltörn wohl nicht mehr abbringen. Ein Plan B muss her. Am besten einer mit Hintertür.

"Nur wir zwei? Ehrlich gesagt ist mir das zu heikel. Aber ich telefoniere mal ein bisschen herum; vielleicht finde ich noch jemanden, der mitkommt", setze ich an. Sana: „Okay?"

„Na. Dann wären wir auf der sicheren Seite und nicht so einem Typen ausgeliefert, von dem wir nichts wissen!", erkläre ich. Sana: "Na ja. Wenn Du meinst, dass wir das brauchen."

Das bringt sie wohl auf einen anderen Gedanken: „Falls etwas passiert sollten wir etwas in der Hand haben. Aufzeichnungen oder so was. Etwas das objektiv ist und vor Gericht bestehen kann."

Sie ist eben Polizistin. Trotzdem: „Kann ein Subjekt denn objektiv sein? Die persönliche Sicht auf die Dinge spielt doch immer eine Rolle ." Sana schaut mich nachdenklich an: „Da hast Du Recht." „Aber?"

Sie seufzt: „Es ist schwierig. Nach meinen Erfahrungen verändert sich im Laufe der Zeit ja nicht nur die Sicht auf die Ereignisse. Manche vergisst man sogar. Eigentlich steht ja nur der Ausgang einer Geschichte fest und diktiert unseren Erinnerungen wie es begonnen haben und dann weiter gegangen sein muss."

„Also sollten wir ein Logbuch führen." Sana sieht mich fragend an. „Logbuch?" „Das kommt von Log oder Logge, also von dem Gerät oder Stück Seil mit Knoten, das die Geschwindigkeit eines Schiffes durchs Wasser misst", erkläre ich ihr und dass es sich um ein Tagebuch der Seefahrt handelt, in dem die Fahrt durchs Wasser, der Kurs, die versegelten Strecken, wichtige Manöver, sonstige Maßnahmen und Vorkommnisse festgehalten werden.

Sana: „Was ist mit Willy? Macht der das auch?" Ich kann mir das Grinsen nicht verkneifen: „Ja, klar. Der schreibt sowieso alles auf, was auch nur irgendwie mit Segeln zu tun hat."

Sie nickt: „Ich habe übrigens so eine Ahnung, wer der dritte Mann bei Willy an Bord sein könnte!"
"Ja und?" "Willy und Karlheinz haben sich in den letzten Tagen öfter mit Otto Wagner, einem alten Bekannten von Karlheinz getroffen. Der ist jetzt auch verschwunden!"

„Also noch ein weiterer Zeuge mit seiner subjektiven Wahrnehmung", grinse ich.

Sie wirft mir einen amüsierten Blick zu: „Du meinst, dass mehrere subjektive Erinnerungen eine objektive ergeben können? Und wenn sie sich widersprechen?"

Ich sehe da nicht ganz so schwarz: „Schlimmstenfalls wird man später eben gemeinsam überlegen müssen, was der oder die Logbuch führende mit den Notizen gemeint haben könnte. Im Großen und Ganzen wird dabei schon das wahre Geschehen herauskommen."

Sana ist sich da nicht so sicher. „Dann bleibt aber immer noch der- oder diejenige im Vorteil, der oder die an diesem Tag das Logbuch geführt hat."

Das ist sicher richtig. Andererseits: „Vorteil? Kennst Du das nicht selbst? Wenn Dein Gedächtnis erst mal etwas ausgegraben hat, dann kommt das eine zum anderen. Und in so einer Erinnerungskette melden sich auch Momente zurück, an die Du lieber gar nicht denken möchtest."

Logbuch der Baltic Bird		
6. April	~~Athen~~ Sana	

Unsere Crew. Beeindruckend, was Lisa auf die Beine gestellt hat. Es ist sicher nicht leicht gewesen, so kurzfristig weitere Crew-Mitglieder zu gewinnen. Schon gar nicht solche.

Heiner ist dabei, der laut Willy ein hervorragender Segler ist. Ein durchschnittlich großer und gut aussehender Mann mit einem kleinen Alkoholproblem. Oder wie er selbst meint: „Jeder Segler hat schlechte Laune, wenn er auf dem Trockenen sitzt."

Unser viertes Crew-Mitglied heißt Manuela. Angeblich trinkt nicht ganz so oft, aber wenn, dann so, als gäbe es kein Morgen. Ansonsten ist sie mit ihren roten Locken und einem freundlich losen Mundwerk das Gegenteil von Heiner.

Sie war einige Jahre mit ihm liiert. Nach einer sehr romantischen Anfangszeit kam es häufig zu Streitereien. Vor allem, weil die beiden sich oft nicht darauf verständigen konnten, wie der vorherige Abend nach Erreichen eines bestimmten Alkohol-Pegels tatsächlich abgelaufen war."

Vom Segeln versteht Manuela nichts, ist aber sprachbegabt und kann sogar ein wenig griechisch. Ihre jahrelange Tätigkeit für einen Verkaufssender macht sich immer noch bemerkbar.

Jedenfalls fällt es schwer, ihr gegenüber distanziert zu bleiben oder ihr einen Wunsch abzuschlagen .

Ich bin froh, dass wir nun nicht mehr allein mit einem fremden Skipper unterwegs sein müssen. Das wird mir noch mal bewusst, als wir in Athen die Marina erreichen, von der aus Willy vor ein paar Tagen losgesegelt ist.

Kalamaki. Die Marina ist groß, sehr groß. Mehr als hundert Yachten sind hier an den Stegen festgemacht. Besonders gepflegt wirkt der Hafen nicht. Die sanitären Anlagen sind geschlossen. Unklar, ob wegen der frühen Jahreszeit, in der wir hier kaum Menschen antreffen oder ob sie dauerhaft außer Betrieb sind.

Der strahlend blaue Himmel macht einiges wett und so finden wir es hier ganz schön. Wir gehen über breite Betonstraßen, die die Kaimauer bilden und halten Ausschau nach unserem Steg.

Er befindet sich in dem Teil des Hafens, der nahe an der Ausfahrt liegt. Ganz schön weit zu laufen.

Endlich erreichen wir ihn, biegen ein und rumpeln mit unseren Trollis über die hölzernen Planken.

Die Baltic Bird. Wir kommen an einigen Yachten vorbei. Hmh? Ich war ja noch nie auf einem Segelboot. Mein Blick klammert sich regelrecht an Lisa, die kaum wieder zuerkennen ist. Allein ihre Haltung ist anders als sonst, beinahe Respekt einflößend.

Da erreichen wir auch schon das Heck unserer 44er Baltic´. Sie sieht so aus, wie im Prospekt, aber auch anders. Größer?

Jedenfalls macht es mir Angst so nah davor, gleich auf ihr drauf und in ihr drin zu sein.

"Denk einfach daran, welche Eindrücke du am Abend in das Logbuch schreiben wirst!", schlägt Lisa vor.

Sie blinzelt, als wolle sie eine Träne verdrücken. "Das ist wichtig, denn dein Gedächtnis ist ein Datenspeicher, der in bestimmten Zeitabständen überschrieben wird. "

Skipper fürs Auge. Im Cockpit steht Adonis persönlich, Mitte 40, nur mit Shorts bekleidet. Gut einen Meter siebzig groß, durchtrainierter muskulöser Oberkörper und sehnige Arme.

Unter den langen schwarzen Haare mit einigen grauen Strähnen blickt uns ein ebenmäßig Wetter gegerbtes Gesicht mit dunkelbraunen Augen erwartungsvoll entgegen.

Er begrüßt Lisa, Manuela und mich herzlich in einem perfekten Deutsch, das ein wenig kehlig klingt, aber nicht unangenehm. "Schön, dass ihr da seid. Wer ist der offizielle Skipper?" Sein Blick streift Heiner aus den Augenwinkeln.

Manuela strahlt ihn an, sagt aber nichts. Das macht Lisa: "Ich! Ich gebe die Richtung vor. Sie sind für das laufende Geschäft, also das Segeln und die Manöver zuständig!"

Sie bemüht sich ihrer Stimme einen festen Klang zu geben, was ganz gut gelingt.

Sie hat mir erklärt, dass es zwar den gemieteten Skipper gäbe, es aber offiziell meist einer aus der Chartercrew sei, der im Vertrag als Skipper geführt wird. Das hätte versicherungstechnische Gründe.

Duzerei. Der Adonis scheint froh zu sein, dass es nicht Heiner ist. Na ja. Vielleicht sind seine Erfahrungen durch das übliche Kompetenzgerangel unter Männern ja nicht so gut.
"Du!", lächelt er, "an Bord duzen wir uns. Ich heiße Christos!"
"Manuela!", flötet der Rotschopf neben mir. Ich hasse diese verlogene Duzerei. Aber was soll ich machen? „Sana!"
Nach dem sich auch der Rest der Crew vorgestellt hat, holt Christos ein Tablett mit fünf gefüllten Sektkelchen aus der Messe nach oben. Jeder nimmt sein Glas und hebt es hoch.
Er schaut uns der Reihe nach an und kippt einen Schluck aus seinem Glas ins Wasser.. "Auf die Crew, einen guten Törn und möge Poseidon mit uns sein!"

Keine Zeit. "Wisst ihr schon, wann ihr ablegen wollt und wohin?", fragt er leichthin, so als rechne er damit, dass wir es letztlich ihm überlassen werden.
Lisa nickt: "Ich gehe davon aus, dass die bestellten Vorräte an Bord sind und das Schiff klar ist. Wir bringen jetzt unser Gepäck in die Kabinen und legen in einer halben Stunde ab!"

Christos öffnet irritiert den Mund, sagt dann aber doch nichts. Heiner und ich grinsen.

"Wir haben dann noch fünf Stunden Tageslicht, können bis Kap Sounion segeln und wenn wir schnell genug sind bis Kythnos. Und zwar nach Loutron!", fährt Lisa fort.

Heiner grinst noch breiter und tauscht einen Blick mit mir. Unser griechischer Skipper wirkt alles andere als begeistert, sammelt aber die leeren Gläser ein und bringt sie nach unten. Heiner geht zu der Persenning und beginnt sie loszumachen.

Wir schnappen uns auch sein Gepäck, gehen nach unten und belegen drei der vier Kabinen. Lisa und ich wollen uns eine teilen.

Kabinenfrage. In der Messe gibt es noch einen kleinen, aber lebhaften Disput zwischen Lisa und Christos, der unbedingt in der Messe schlafen will. Das sei üblich, damit jedes Crewmitglied seine Einzelkabine hätte. Er meint das ernst.

Lisa lässt sich nicht beirren. "Ich will nicht, dass Du hier liegst, wenn wir nachts mal raus müssen." Die ´Baltic´ hat zwar zwei Toiletten, die aber beide nur von der Messe aus zu erreichen sind.

Klar zum Ablegen. Kaum sind wir wieder oben an Deck, wirft Heiner schon den Motor an und geht nach vorn zum Bug.

Er öffnet den Ankerkasten und holt das Kabel mit der Bedienung für die elektrische Winch heraus.

Der Grieche wirft ihm einen bösen Blick zu, stellt sich aber hinters Ruder und zeigt uns, wer der Skipper ist. "Lisa, machst Du die Heckleine an Backbord klar zum Ablegen! Und Sana, machst Du die an Steuerbord ab? Die kann als erstes ganz weg!"

Hmh? Steuerbord? Ich sehe mich um. Heiner räuspert sich, nickt zur rechten Seite des Hecks und deutet mit dem Kinn auf das Tau zu meinen Füßen.

Zu meiner Überraschung verstehe ich ihn sofort und löse die Leine von der Klampe. Da sie nur einfach um den Poller am Ufer gelegt ist kann ich sie von Bord aus hereinziehen.

Manuela steht mit hängenden Armen neben Christos und schaut ihn vorwurfsvoll an. "Und? Was soll ich tun?"

Christos: "Äh..., kannst Du für uns alle die Lifebelts heraufholen. Die liegen in der Bugkabine unter den Matratzen!" Den Mund zu einem Flunsch verzogen, dreht sie sich langsam weg zum Niedergang, greift den Handlauf und poltert die Stufen herunter.

Unter Deck knallt eine Tür. Es folgt ein leises Schaben und Geklapper. Minutenlang.

Dann wird es laut. Noch bevor sie im Niedergang auftaucht, hören wir schon die Karabiner der Lifebelts wütend über die Stufen klackern.

Wir laufen aus. Ohne den frischen Wind, der mir ins Gesicht bläst hätte ich die Ausfahrt aus dem Hafen möglicheweise verpasst.

Es weht von West, also auflandig. "Vier oder fünf Beauforts!", meint unser Skipper. Den Blick erwartungsvoll auf ihn gerichtet, lehnt sich Heiner gegen den Mast.

Christos: "Okay, dann setz mal das Groß, kein Reff. Und dann die Fock!" Der nickt und macht sich an die Arbeit. Die ist nicht so federleicht, wie ich es mir vorgestellt habe. Heiner erinnert mich eher an einen Bauarbeiter der schwere Säcke wuchtet.

Ein paar Minuten später sind die Segel gesetzt und der Motor aus. Der Grieche steht am Ruder und segelt die Yacht bei halbem Wind mit leichter Krängung die Küste entlang.

Flott unterwegs. Unser Boot macht gute Fahrt. So, wie der Bug durch das Wasser pflügt und die Wellen an uns vorbei rauschen, kommt es mir jedenfalls ziemlich flott vor.

"Sechs, sieben Knoten!", beantwortet Christos meine Frage. Das klingt doch ganz ordentlich.

Ich kann erst gar nicht glauben, als Lisa mir lächelnd erklärt, dass wir nicht schneller sind als auf einer gemütlichen Fahrradtour.

Nun sitzen wir also zu viert auf der Bank im Cockpit, je zwei auf jeder Seite. Lisa bemerkt meine Aufregung natürlich und zwinkert mir zu. Schon gut. Ich habe es ja nicht anders gewollt.

Gefahrenlage. War es erst vorgestern, dass mein Kollege mir von dem Telefonat eines Anwalts des Angeklagten berichtet hat?

Leider hat er nur Bruchstücke mitbekommen. Willy's Name war gefallen und der von Karlheinz. Das man ja „sicher bald fündig" würde und zwar „zu Lande, zu Wasser und in der Luft."

Meine Sorge konnten oder wollten die Kollegen „beim besten Willen nicht nachvollziehen". Dabei finde ich es überhaupt nicht abwegig, dass Karlheinz und Willy als lästige Zeugen eventuell beseitigt werden sollen.

Hmh? Das Schwanken unseres Schiffes und ein flaues Gefühl in meinem Magen fragen mich im Moment allerdings, ob meine Sorge um Karlheinz nicht doch ein wenig übertrieben ist.

	Logbuch der Red Pony	
1. April....	~~Athen~~	Willy

Schiff übernehmen. Ich bin froh, dass der Mitarbeiter des Vercharterers endlich auftaucht. Er stellt sich als ´Ralph´ vor. Ein älterer Grieche, der einen Kopf kleiner, kräftiger und rundlicher ist als wir Crewmitglieder. Soweit meine bescheidenen Sprachkenntnisse das beurteilen können, ist sein Englisch ziemlich gut.

Die Schiffsübernahme läuft nahezu wie immer ab. Wenn man mal davon absieht, dass Ralph irgendwie genervt wirkt. Aus meiner Sicht klappt alles beinahe reibungslos. Manchmal brauchen wir nur etwas länger. Vielleicht hätten Karlheinz und Otto nicht zeigen sollen, dass sie nicht so ernsthaft bei der Sache sind.

Nach dem wir die Inventarliste abgearbeitet haben, sieht Ralph uns skeptisch an. "You really have been here bevor?" Karlheinz und Otto schütteln den Kopf, während ich nicke. "You chartered already six times by us? I saw it in our Lists!" Er mustert mich so abschätzig von oben bis unten, dass ich unsicher werde. Na ja! Meine schmale Gestalt mit dem ausgeprägten Bauchansatz passt wohl eher zu einem Buchhalter als zu einem Seebären.

Identitätsfrage. "And your name is Willy Olten?" Das immerhin kann ich guten Gewissens bestätigen.

Ralph ist offenbar noch nicht davon überzeugt, dass ihm jemand gegenüber steht, der alles in allem mehrere Monate hier als Skipper gesegelt war.

Das ist ihm nicht nur anzusehen, er fragt mich sogar nach dem ´Passport´. Das habe ich in all den Jahren noch nicht erlebt. Wo ist der ´No Problem Grieche´ geblieben, der uns so entspannt begrüßt hat?

Kopfschüttelnd zücke ich die Brieftasche und ziehe meinen Personalausweis heraus; schaue erst noch mal selbst auf das Passfoto. Der Mann darauf ähnelt mir nur entfernt.

Ralph vergleicht das Passfoto sorgfältig mit dem Gesicht aus Fleisch und Blut. Hmh? Derart misstrauisch beäugt zu werden ist nicht besonders angenehm.

"Have a good turn!" Besonders glücklich wirkt der Grieche nicht, als er uns mit dem Schiff allein lässt. Bevor er geht, wirft er noch mal einen langen Blick auf die ´Red Pony´. So, als nehme er Abschied und würde das Boot nie wieder sehen.

Manöver für Senioren. "Sag mal Willy! An Land gehen ist ja schon eine Kletterei, wenn das Schiff bereits festgemacht ist. Wie machen wir das denn, wenn wir ankommen und anlegen?" Otto schaut besorgt auf die Kaimauer.

Ich verstehe nicht, worauf er hinaus will.. "Na ja, einer geht eben mit den Leinen an Land!"

"Mhm? Und wer geht als erster?" Sein Blick ist wieder auf die Kaimauer gerichtet. Jetzt weiß ich, was er meint.

Für den, der mit den Leinen zum Festmachen des Bootes als erster an Land muss, heißt gehen wahrscheinlich springen. Es liegt ja noch keine Planke aus, das Schiff ist noch ein Stück weit von der Mauer entfernt und befindet sich noch in langsamer Fahrt. Oder es steht nur kurz bevor es wieder abgetrieben wird.

Oft liegt der Kai um einiges höher oder niedriger als das Bootsdeck und die etwa vierzig Zentimeter hohe Reling ist ja auch noch zu überwinden.

Als erster an Land gehen heißt also, im richtigen Moment einen Sprung oder großen Schritt zu machen. Und zwar mit einer oder zwei Leinen in der Hand, deren anderes Ende am Schiff belegt ist. Dabei muss eine Distanz von etwa einem halben Meter in der Breite und in die Höhe oder Tiefe überwunden werden.

Okay. Ich soll ja beim Anlegemanöver am Ruder stehen. Das ist von den beiden so entschieden worden. Otto hat zwar vor fünfzehn Jahren einen Motorbootschein gemacht, aber seitdem kein Schiff betreten. Der Schein war ja der Grund, aus dem ich ihn gefragt habe. In Griechenland kann man ja nur chartern, wenn zwei Crewmitglieder einen Bootsführerschein haben.

Also muss entweder Otto oder Karlheinz als erster mit den Leinen an Land gehen. Letzterer ist mit 65 der ältere der beiden, aber Otto auch schon dreiundsechzig.

Ja klar. Uns fehlt der sportliche junge Mann, der fit genug ist für den Sprung und die unverletzte Landung.

Wir haben noch nicht einmal abgelegt und stehen schon vor einem Problem.

Das Abrollen. Wie erwartet, erklären beide sich bereit, diese Aufgabe zu übernehmen. Also muss der Skipper entscheiden. Hmh? Das bin ich.

Meine Frage nach den letzten sportlichen Bestleistungen wird von beiden ehrlich, aber wenig zufriedenstellend beantwortet.

Schließlich gewinnt Karlheinz die Auswahl. In dem er uns die Falltechnik aus seinem Kampfsport demonstriert, sich vor uns auf den Boden wirft und unverletzt wieder aufsteht.

Ludwig Börne. Ob Otto ein schlechter Verlierer ist oder ob er sich ernsthaft mit solchen Fragen beschäftigt, weiß ich nicht. Jedenfalls zitiert er einen gewissen Carl Ludwig Börne, der schon vor hundertachtzig Jahren gestorben ist. „Regierungen sind Segel, das Volk ist Wind, der Staat ist Schiff, die Zeit ist See!"

Karlheinz sieht ihn verständnislos an. „Hmh? Worauf willst Du hinaus?"

Otto zuckt mit den Achseln. „Na ja. Was machen wir denn jetzt? Segelurlaub kann ja alles mögliche bedeuten."

Er verzieht das Gesicht. „Hängen wir nur saufend in den Häfen ab, lassen wir uns einfach treiben, trimmen wir die Segel auf Geschwindigkeit oder haben wir ein Ziel?"

4. April...	Kap Sounion	Willy

Ankern, unsicher. Am Kap Sounion haben wir gestern wegen des schlechten Ankergrundes - viele Felsplatten – sowohl den Bug- als auch den Heckanker raus gebracht.

Um es kurz zu machen: Es hat nicht allzu viel genützt. Unsere Red Pony muss sich in der Nacht mehrfach um die eigene Achse gedreht haben, denn Ankerkette und Leine für den Heckanker sind vertörnt. Vielleicht hätte ich ja doch Wachen einteilen sollen. Immerhin ist das Boot nicht ans Ufer getrieben.

Na gut, da kommt es auf ein Stündchen nicht mehr an. Klar Schiff machen können wir ja auch noch vor dem Auslaufen .

Tempel des Poseidon. Zuerst wollen wir den Tempel auf dem Berg besichtigen. Es kann ja nicht schaden, dem Gott des Meeres unsere Aufwartung zu machen.

Der Aufstieg ist länger und anstrengender als ich es erwartet habe. Doch schließlich stehen wir schwer atmend oben auf dem Berg und schauen herunter. Unsere Yacht ist die einzige in der großen Bucht und wirkt von hier aus winzig klein.

"Ganz schön einsam!", murmelt Karlheinz während wir den Tempel oder das was davon übrig ist besichtigen.

Wir gehen näher heran, umrunden ihn und versuchen die Schriftzeichen auf den Stufen zu entziffern. Vielleicht sind die Riefen und Löcher ja nur durch Erosion entstanden. Jedenfalls ist nichts mehr davon zu sehen, dass Lord Byron sich hier einmal verewigt haben soll.

"Willy schau mal, da ist noch einer!", höre ich Otto schnaufen. Ich folge seinem Blick. Tatsächlich fährt eine Yacht, auch eine Bavaria, langsam auf das Ufer zu.

Ich wende mich bereits ab, stutze aber dann. Wo ist eigentlich die Red Pony abgeblieben?

Ein Wettlauf. Hmh? Die Yacht sieht nicht nur so aus, wie unser Boot. Sie ist es. "Scheiße! Die Anker halten nicht mehr!", rufe ich den beiden zu und renne los.

Schon nach wenigen Schritten formt sich In meinem Kopf ein dramatisches Bild. Drei ältere Männer, die einen steilen Berg hinunter rennen, als sei der Leibhaftige hinter ihnen her.

Wenn ich dem Wind glaube, der mir ins Gesicht bläst, bin ich höllisch schnell unterwegs.

Auch Otto neben mir gibt hörbar sein Bestes. Ich schaue kurz zur Seite. Ja, da ist er. Hmh? Was macht er da eigentlich?

Er läuft ja gar nicht, sondern setzt wie bei einem Spaziergang nur einen Fuß vor den anderen. Wie beim Nordic walking pendeln seine Arme hektisch durch. Nur die Stöcke fehlen.

Ich beiße die Zähne zusammen und renne weiter. Es geht schließlich um Sekunden. Dem Keuchen nach kann wenigstens Karlheinz mein Tempo mithalten. So leid es mir auch tut, wir müssen Otto zurück lassen.

Die Augen auf die Yacht gerichtet, geht es weiter. Der Pfad führt durch eine Mulde. Ich sehe mich hektisch um. Wo ist die Bucht geblieben? Habe ich mich verlaufen?

Es folgt ein kurzer, steiler Anstieg. Ich bekomme kaum noch Luft. Ach, da ist die Bucht ja wieder. Der Weg macht eine scharfe Biegung. Ich lege mich in vollem Lauf auf die Seite.

Bewegt sich da etwas neben mir? Ich reiße ungläubig die Augen auf. Nein, das ist nicht möglich! Wild herum schlenkernde Arme. Ein Mann, der einen Fuß vor den anderen setzt? Ist das Otto? Ein physikalisches Phänomen?

Ich schaue an mir herunter. Aber da ist nur braun-grüner Felsen, der ab und zu durch etwas dunkel-graues verdeckt wird. Zeitlupenbilder aus einem Naturfilm?

Mein Blick pendelt zwischen Otto und meinen Füßen hin und her. Es dauert bis ich es akzeptieren kann. Dass nämlich meine Beine sich mit der gleichen, quälenden Langsamkeit bewegen, wie die von Otto.

"Was ist denn los?", höre ich ihn neben mir Japsen. Mit einer Handbewegung in Richtung Bucht wende mich ab und ´renne´ weiter.

Dingi mit Zopf. Mit dem Schlauchboot erreichen wir die Red Pony wenige Meter vor dem flachen Strand; belegen erst mal die Leine und geben Vollgas mit unserem Außenborder. So läuft die Yacht nicht weiter auf das Ufer zu.

Die Kraft des kleinen Motors reicht allerdings nicht aus, um sie von dort weg zu ziehen. Und so klettere ich über die Badeplattform in das Cockpit der Yacht. Na ja, genau genommen halte ich mich nur an der Leiter fest und werde von den beiden hochgeschoben.

Ich werfe den Motor an. Otto und Karlheinz bleiben im Dingi sitzen und lassen sich von der Yacht wieder zurück ins tiefere Wasser ziehen. Die Anker ruckeln ein wenig, bieten aber keinen wirklichen Widerstand.

Bald haben wir unseren alten Ankerplatz erreicht und schauen uns die Bescherung in Ruhe an. Die Kette des Bugankers und die Leine des Heckankers haben sich miteinander zu einem dicken Zopf verflochten.

Die beiden brauchen eine knappe Stunde, um alles auseinander zu törnen und sind nachher völlig durchgeschwitzt.

Wir ziehen das Schlauchboot an Bord und legen es vor dem Mast quer über das Schiff. Na ja. Das knallrote Ding sieht nicht nur scheußlich aus, es versperrt uns auch den Weg zum Bug.

Mein Vorschlag, die Luft heraus zulassen, löst allerdings helle Empörung aus. „Wir sind doch nicht bescheuert und pumpen das Schlauchboot in jeder Bucht wieder auf."

Logbuch der Baltic Bird		
8. April....	Kythnos – Paros - Ios	Sana

Diszipliniert. "Lange geht das nicht mehr gut!", murmelt Lisa mit Blick auf Manuela und Christos, die am Heck miteinander tuscheln. Am Niedergang steht Heiner und schaut mich vorwurfsvoll an.

"Wir sollten es heute Abend ein wenig lockerer angehen!", schlage ich vor, "oder wir fahren auch bei Nacht weiter?" Lisa schüttelt den Kopf. "Wenn wir eine Insel überspringen, verpassen wir sie vielleicht!" "Wir sind auch so gut voran gekommen!", bestätige ich.

Die letzten Tage sind ruhig verlaufen. Kythnos haben wir am ersten Abend gegen 22 Uhr erreicht. Kein Problem bei Dunkelheit einzulaufen und das Schiff in dem gut beleuchteten Hafen festzumachen.

Lisa und ich überredeten Heiner und Manuela dazu, nur schnell an Bord etwas zu essen und nach ein paar Bier früh ins Bett zu gehen. Einfach war es nicht gewesen, aber wir konnten den beiden deutlich machen, warum das wichtig war. Trotz aller Bemühungen von Christos, sie noch zu einem Ouzo zu überreden. Er versuchte sich seine Enttäuschung nicht anmerken zu lassen. Schließlich waren wir für die Charter von zwei Wochen aufeinander angewiesen.

Blaues Wasser. Am nächsten Morgen bringt uns ein guter Wind aus Nordnordost auf einem ´Amwindkurs´ zügig voran.

In den ersten Stunden sehen wir nur Wasser vor uns, fahren ins unruhige Nichts. Unten dunkelblaues Wasser und darüber das einzigartige Licht der Kykladen; vor uns kleine Steine, die langsam größer, schließlich zu Inseln werden und am Ende eine Bucht, in der uns die weißen Häuser eines Örtchens einladend erwarten.

Die Segelei fasziniert mich. Eine winzige Kleinigkeit, ein Handgriff, eine Einstellung, kann über Erfolg oder Misslingen des Manövers entscheiden.

Früher habe ich die Yachten in den Häfen nur vom Ufer aus gesehen und mir keine Gedanken darüber gemacht, wie sie dahin gekommen sind. Oder warum sie da so liegen, wie sie liegen. Inzwischen weiß ich, dass es mit dem Erreichen des Hafens nicht getan ist. Oft sind die Manöver hier sogar spannender als auf der offenen See.

Allein die Frage, wo wir und auf welche Art und Weise festmachen können, ist ein Kapitel für sich.

Anlegemanöver. Auf Wunsch von Christos werden wir heute zum ersten Mal römisch-katholisch angelegen, d.h. mit dem Heck zum Kai, nach dem der Buganker vorher knapp 30 m vom Ufer entfernt raus gelassen worden ist.

Heiner steht am Ruder und fährt rückwärts auf den Kai zu. Manuela schimpft, dass er „wieder mal viel zu schnell" sei. Zu meiner Überraschung erhält er Schützenhilfe vom Skipper: „Das muss so sein. Wegen dem Radeffekt. Wenn er zu langsam ist, bricht das Heck aus. Das liegt an dem Schraubeneffekt." Manuela versteht wahrscheinlich kein Wort, nickt ihm aber freundlich zu.

Bröckelnde Front. Parikia auf Paros ist ein größerer Ort und Fährhafen mit vielen Liegeplätzen auch für Yachten. Ein wenig unübersichtlich fand ich das schon. Lisa wohl auch, denn sie hat die Wahl der Anlagestelle Christos überlassen.

Mit dem Heck am Kai zu liegen hat Vor- und Nachteile. Einerseits kommen wir bequem an Land, insbesondere weil unser griechischer Skipper noch eine Planke heraus gelegt hat.

Andererseits gehen die Leute am Kai sehr nah an unserem Cockpit vorbei und können bis in den Niedergang herein schauen.

So verzichten wir darauf, oben auf dem Präsentierteller zu sitzen und gehen auch an diesem Abend wieder früh und relativ nüchtern zu Bett.

Aber es ist klar, das nicht nur Christos alles dafür tut, dass es im Hafen 'gemütlich' wird. Auch die Front unserer Crew bröckelt. Heiner und Manuela erklären, das dies der letzte ungemütliche, sprich alkoholarme, Abend sein sollte. Heiner grummelt Lisa sogar an: "Du bist ja noch schlimmer als Willy!"

Sie scheint das als Kompliment anzusehen. Vielleicht ist sie auch nur so zufrieden, weil wir wahrscheinlich schon einen Tag gegenüber Willy aufgeholt haben.

Tatsächlich läuft an Bord alles ziemlich reibungslos. Wenn wir unterwegs sind, hält Heiner sich zurück, macht sich aber in jeder Hinsicht nützlich und sorgt dafür, dass zügige Ablegemanöver und gute Geschwindigkeit erreicht werden. Er hält auch Ordnung, legt alles an seinen Platz, damit es nicht im Weg und bei Bedarf verfügbar ist.

Als Christos eine vermeintlich witzige Bemerkung über ihn macht, "es geht doch nichts über einen ordnungsliebenden Schiffsjungen ", lacht nur Manuela.

Das versteinerte Gesicht Heiners währt nur bis Lisa seinen Arm fasst. Ich kann ihren Blick nicht sehen. Bin aber sicher, dass sie ihm zeigt, was auch ich denke. ´Gut, dass Du da bist!´

Fremdenführer. Vom ersten Tag an hat Christos sich bemüht, ein guter Fremdenführer zu sein, erzählt vom Tempel des Poseidon und Lord Byron, als wir Kap Sounion passieren oder von den heißen, radioaktiven Quellen in Loutron. Und berichtet auch von den arabischen, venezianischen und türkischen Kriegen.

Wir sind ein wenig dankbares Publikum. Mir ist es schon zu viel, was aktuell im nahen Osten vor sich geht.

Der Idiot, der damals diese Länder von den Diktatoren befreien wollte, ist längst nicht mehr im Amt. Aber immer noch toben sich dort die Mörderbanden der Welt aus und alle fühlen sich im Recht.

Der Wert eines Menschenlebens hat wieder mal einen Tiefstand erreicht. Und der ach, so moralische Westen macht die Türen nur noch für seine Waffenlieferungen auf. Nur nicht daran denken. Tut mir leid Christos!

Der Skipper kocht. Auf Ios liegen wir bereits um 18 Uhr vor Anker mit dem Bug zum Kai. So sind wir im Cockpit einigermaßen vor neugierigen Blicken geschützt.

Das Hafenbecken ist von zwei Seiten umbaut. Kneipen und Geschäfte liegen dicht an dicht. Es ist ringsherum gut beleuchtet. Einige Touristen machen dort ihren Abendspaziergang.

Unser Skipper weiß zu berichten, dass sich auf dieser Insel das Grab von Homer befindet und das es 365 Kapellen gibt. „Also für jeden Tag eine."

Er macht eine ausholende Handbewegung: "Heute werde ich euch übrigens etwas Kochen." Da sich unsere Beifallsbekundung sich auf ein Kopfnicken beschränkt verschwindet er nach unten, gefolgt von Manuela die ihm helfen will.

Wir anderen sitzen oben auf den Backskisten, trinken zufrieden unser Mythos und schauen aufs Wasser.

Biittee. Lisa stupst ihn in die Seite. "Du Heiner, ich muss Dir doch mal was sagen. Es hat mich jahrelang genervt, wenn Willy von Dir geschwärmt hat, so als Segler. Ich war da manchmal beinahe eifersüchtig!"

Auf seinen irritierten Blick hin fährt sie fort. "Nach den letzten Tagen kann ich Willy verstehen. Mir geht es jetzt mit Dir genau so. Ich bin sehr froh, dass du an Bord bist!"

Sein Gesicht bleibt mürrisch, nur seine Augen zeigen, dass er sich freut. Ich lege ihm die Hand auf die Schulter. "Ehrlich, Heiner, mir geht es genauso!"

Er räuspert sich verlegen. "Na ja, es geht ja auch um etwas. Wenn wir ..." "Pst!", unterbreche ich ihn, "das muss nicht jeder wissen. Das habe ich Manuela auch schon gesagt, hoffentlich verplappert sie sich nicht!"

Heiner sieht mich erstaunt an. "Unser Skipper soll das nicht wissen?"

"Wir kennen ihn nicht und er war der einzige, der so kurzfristig frei war!", erkläre ich.

"Ihr traut ihm nicht?" Wir nicken und Lisa flüstert ihm zu: "Kannst Du Dich heute beim Ouzo zurückhalten. Das könnte wichtig sein!"

Heiner öffnet schon den Mund, um zu protestieren. Ich bin schneller und mache das einzige, was bei Karlheinz noch hilft, wenn mir die Argumente ausgegangen sind.

Mit meiner Kleinmädchenstimme dehne ich das eine Wort bis zum Anschlag:"Biitteee!"

Irritiert blicke ich in die Richtung, aus der beinahe zeitgleich das Echo gekommen ist und habe das grinsende Gesicht von Lisa vor mir. Sie also auch. Der arme Willy! Erstaunlich, dass es auch bei Heiner wirkt. Männer!

Familienrezept, alt. Viele Happen und einige Dosen Bier später sitzen wir alle unter Deck. Christos ist inzwischen auch zu uns gestoßen, nach dem er oben in angetrunkener Selbstgefälligkeit gemeint hat: "Geht schon mal vor, ich muss noch was gegen den sinkenden Meeresspiegel tun!"

Das Essen ist ausgesprochen lecker. Etwas zu viel Fleisch, fanden wir Frauen, aber sehr pikant. Der Bauernsalat, für den Manuela geschnippelt hat, bekommt ein großes Extralob.

Ebenso wie der Tzatziki des Griechen, den er nach einem alten Familienrezept zubereitet hat. Hmh? Familienrezept? Keine Ahnung, ob das stimmt. Egal. Allein der Gedanke, dass es so sein könnte, verfeinert bekanntlich jedes Essen.

Der gewisse Pegel. Wie erwartet bleibt es nicht beim Bier. Inzwischen steht auch die Ouzoflasche auf dem Tisch. Für den Verdauungsschnaps. Christos und Manuela langen kräftig zu, während Lisa und ich uns zurückhalten.

Heiner tut das für seine Verhältnisse auch und wirft Manuela besorgte Blicke zu. Sie hat schon den gewissen Pegel und findet nun alles zum Kichern komisch oder schlichtweg genial.

„Griechenland ist einfach nur schön. Und Christos ist der Superskipper! Oder?", nuschelt sie nicht zum ersten Mal.

„Ja klar, Griechenland ist schön!", bestätige ich und werfe Lisa einen fragenden Blick zu. Sie hat mich wohl verstanden. Jedenfalls bittet sie Heiner noch mal nach oben zu gehen und nach den Leinen zu sehen. Der verzieht sein Gesicht und holt sich ein Six-Pack Bier aus der Truhe bevor er nach oben steigt.

Wahrscheinlich wird er vom Deck aus so lange aufs Wasser schauen bis die Dosen leer sind. "Es gibt kaum eine schönere Art sich zu betrinken!", hat Willy mal gesagt.

In der Messe oder der Salon mit den gepolsterten Sitzbänken und der Holzvertäfelung ist es „unheimlich gemütlich". Das hat Manuela, die inzwischen nur noch ´Manu´ genannt werden will, schon mehrfach betont.

Gesangseinlagen. Unser Alkoholkonsum ist inzwischen gelinde gesagt unübersichtlich geworden und die Anspannung der letzten Tage in eine nahezu hysterische Euphorie umgeschlagen.

Inzwischen schunkeln wir wie im Rheinischen Karneval und singen lauthals durcheinander. Wir streiten uns lachend darum, welches Lied es denn sein soll.

Lisa hätte am liebsten nur Shantys gesungen. Manu wirbt für Lieder, die mit "griechischem Wein" und "Rosen aus Athen" zu tun haben.

Christos bringt wiederholt den Kölner Karneval zu Gehör. Er kann sogar den richtigen Dialekt zum Besten geben.

Schunkeln. Diese Geselligkeit geht nicht ohne Körperkontakt. Ich mag das nicht. Bin erleichtert, dass unser Skipper zwischen Lisa und Manuela sitzt.

So habe ich nur Lisa zu meiner Rechten. Das ist auch gut so. Schunkeln ist ja eine halbe Umarmung. Wenn man in der Mitte sitzt, dann liegt ein Arm von jeder Seite über den Schultern. Sind zwei halbe Umarmungen eigentlich eine ganze?

Die körperliche Nähe zeigt ihre Wirkung. Zusammen mit dem Alkohol entsteht eine nicht zu übersehende Intimität.

Anfangs haben wir noch vermieden unseren Nachbarn direkt anzusehen, um ihm nicht aus geringem Abstand in die Augen zu schauen.

Inzwischen sind die Gesichter oft nur noch wenige Zentimeter voneinander entfernt. Manchmal sieht es sogar so aus, als würden sie sich küssen.

Und da die Gesangseinlagen unsere Lippen nicht ganz trocken passieren, kommt es in gewisser Weise bereits zu einem Austausch von Körperflüssigkeit.

Festgehalten. Den häufigsten Blickkontakt gibt es zwischen Manuela und Christos. Lisa, zur Linken von Christos, schaut meistens in meine Richtung, so dass er nur ihren Hinterkopf sieht. Trotzdem scheint es ihr allmählich zu viel zu werden.

"Ich muss mal!" Sie befreit sich mühsam aus ihrer eingerahmten Position. Meinen Arm nehme ich bereitwillig von ihren Schultern. Christos Arm klebt regelrecht auf ihr fest. Wie schwere Gewichte an einer Hantel stemmt Lisa ihn hoch und ein Stück zur Seite.

Sie steht auf, muss sich aber am Tisch festhalten, um nicht das Gleichgewicht zu verlieren und hangelt sie sich an der Tischplatte entlang weiter.

Unser Skipper sieht mich an und hebt einladend seinen Arm als erwarte er, dass ich die Lücke schließen werde.

Mein Nacken ist steif, als wäre er gefroren. "Nun komm schon!", lacht Christos, rutscht zu mir herüber und sitzt nun auf Lisas Platz.

Seine Worte sind der Startschuss. Bevor sich sein Arm auf meine Schulter legt, stehe ich auf und sehe mich hilfesuchend nach Lisa um.

Die Klinke der Toilettentür bereits in der Hand hält sie inne. Christos rutscht auf der Bank weiter bis auf meinen Platz, dicht gefolgt von Manu, die nun auf Lisas Platz sitzt.

Ich drehe mich weg, gehe zum Niedergang als wollte ich nach oben an die frische Luft. Nach der ersten Stufe ist es vorbei. Ein Arm legt sich schwer auf meine Schulter.

Ich drehe mich automatisch um. Christos Gesicht ist nun ganz nah. Seine Fahne ist hochprozentig. Er sieht mir in die Augen. Tief? Triefend? Rot? Sein betrunkenes Lachen und sein flackernder Blick machen mir Angst.

"Ich will Dir nur helfen!", lallt er, „Du willst doch nicht allein ins Cockpit?" Sein Arm verstärkt seinen Druck auf meine Schulter. Ich will meinen Fuß auf die nächste Stufe setzen. Versuche den Mund zu öffnen, um etwas zu sagen.

Nichts! Ich schaffe es nur, meine Augen ein winziges Stück zur Seite zu drehen.

Ordnungsrufe. "Machst Du Dich jetzt an Sana ran?", höre ich Manuelas Stimme. Dann sehe ich sie auch. Ihre Stecknadel großen Augen funkeln ihn wütend an.

Und Lisa? Sie steht noch vor der Toilettentür. In ihrem Gesicht arbeitet es angestrengt. Sekundenlang.

Endlich zeigt ihr vorgeschobenes Kinn, dass ihr Denkvermögen wieder oberhalb des Alkoholpegels liegt.

"Christos! Wenn sie nach oben will, solltest Du sie vielleicht los lassen!" Lisas schneidende Stimme schmerzt in meinen Ohren: "Oder kannst Du alleine nicht mehr stehen?"

Ich zucke zusammen. Auch der Grieche schaut sie erschrocken an und nimmt seinen Arm von mir herunter.

Gleichzeitig zerrt Manu ihn zur Seite. Nun rudern beide wild mit den Armen herum, finden keinen Halt und fallen hin. Wahrscheinlich wollen sie sofort wieder aufstehen. Es sieht aber eher so aus, als würden sie sich zum Spaß auf dem Kabinenboden herumkugeln. Jedenfalls lachen sie so.

Lisa lässt die Klinke zur Toilettentür los, und geht zu den beiden; hilft zuerst dem Mann, der unser Skipper ist und dann Manu auf die Beine.

Er ist betrunken, steht aber noch einigermaßen sicher. Manuela dagegen scheint nicht mehr von dieser Welt zu sein.

Ihr Oberkörper schwankt unkontrolliert und die Beine knicken ein. Hätte Christos sie nicht gehalten, läge sie wohl längst wieder auf dem Boden. "Wir sollten alle schlafen gehen!", sagt Lisa streng.

Ich stehe noch im Niedergang. Will ich jetzt wirklich nach oben? Meine Füße setzen sich in Bewegung. Nicht nach oben, sondern zur Toilette.

Das Bedürfnis, das Lisa offenbar vergessen hat, meldet sich bei mir. Ich gehe hinein, schließe die Tür, erledige mein kleines Geschäft und bin im doppelten Sinne erleichtert.

Über Bord. Ich habe gerade erst die Pumpe betätigt, als ich ein lautes Platschen und einen spitzen Schrei höre. Sekunden später bin ich im Salon. Nur Lisa ist noch da!

Sie wirft mir nur einen kurzen Blick zu und steigt schnell den Niedergang hinauf. Hmh?

Ich. setze mich erst einmal auf die Bank und sehe mich noch mal in der Messe um. Hmh? Zu viert haben wir hier gesessen? Eng beieinander. Aber gemütlich?

An Deck ist eine laute Stimme zu hören. Lisa! Automatisch stehe ich auf und gehe in Richtung Niedergang. Da sehe ich ihn schon. Heiner. Den habe ich ja völlig vergessen.

Er trägt ein großes Bündel unter dem Arm, aus dem es gewaltig tropft. Erst als er unten ankommt, erkenne ich die pitschnasse Manu.

Nun sehe ich auch Lisa. Sie dreht sich auf der Treppe noch mal um. "Komm schon!" Ein zögernder, aber trockener griechischer Skipper schiebt sich an ihr vorbei in die Messe.

Lisa fasst Manus Oberarm mit beiden Händen, als wolle sie ihn auswringen. Ohne Rücksicht auf die Wasserlachen, die sie hinterlassen, zerrt sie sie in ihre Kabine. Hinter der verschlossenen Tür rumort es. Auch Manu ist auch zu hören. Lachen und Schluchzen wechseln sich ab. Dazwischen Lisas energische Stimme.

Christos setzt sich auf die Bank. "Ich habe mich nur einen Moment weggedreht. Sie ist einfach über Bord gefallen!"

"Warum musstest Du denn unbedingt mit ihr zum Bug gehen?" Heiner schaut ihn an, als bedauere er nicht handgreiflich werden zu können.

„Danke, Heiner", nicke ich ihm zu, „Du hast gut reagiert!" Der zuckt nur mit den Schultern. "Das hätte ich auch gemacht!", verteidigt sich der Grieche, "der war nur schneller!"

"Geh schlafen!", sage ich kalt, "aber denk nicht, die Sache wäre schon ausgestanden!" Christos öffnet empört den Mund, sagt dann doch nichts und verschwindet in seiner Kabine.

Dafür kommen Lisa und die inzwischen trockene Manuela wieder in der Messe. Letztere scheint nun beinahe nüchtern zu sein.

"Gehen wir nach oben. Ich brauche frische Luft!", schlage ich vor und klettere den Niedergang hoch.

Schlechte Bekannte. "Gut, dass Du bei uns bist!", flüstere ich Heiner zu, der neben mir im Cockpit steht. Ich mag mir gar nicht vorstellen, wie das Ganze ohne ihn ausgegangen wäre. „Ja, Danke Heiner", sagt auch Lisa und umarmt ihn kurz.

Manu schaut betreten zu Boden. Ich hätte es eigentlich wissen müssen. Sie hat ein zu weiches Herz, so groß, dass es ihr ständig auf der Zunge liegt.

Lisa schüttelt den Kopf. "Ich habe gedacht, dass Willy übertreibt, also wegen dem, was an Bord im Vollrausch manchmal passiert!"

Heiner: "Doch doch, mit den den Gedächtnislücken am nächsten Tag könnte man ganze Bücher füllen!" Lisa: „Oder einen ganzen Kinoabend mit den Filmrissen veranstalten!"

Wahrscheinlich sind die beiden sogar witzig, doch ich höre kaum noch hin. Denn ich sehe zwei Männer, die nur zehn oder zwanzig Meter von mir entfernt auf der Kaimauer heftig mit einem Dritten streiten.

Hmh? Hat der eine wirklich eine Pistole? Und der andere ein Messer in der Hand? Sticht der jetzt auf den Dritten ein? Ich traue meinen Augen nicht.

Etwas schweres platscht ins Wasser. Das ist deutlich zu hören. Der dritte Mann ist nicht mehr zu sehen. Die beiden anderen schauen sich hektisch um.

Schnell ducke ich mich weg und gehe einen Schritt zur Seite, so dass ich hinter Heiner stehe. Die Gesichter der Männer habe ich gerade noch sehen können. Sie mich hoffentlich nicht.

Manu hebt den Kopf. "Heiner, ich..." "Pst!" Ich halte ihr den Mund zu und meinen Blick ängstlich über Heiners Schulter noch auf die Kaimauer gerichtet.

"Gehen wir runter! Leise!", flüstere ich und halte den Zeigefinger der anderen Hand vor meinen Mund.

Zögernd steigen die drei mit mir nach unten. Wir setzen uns auf die Bank. Christos ist, Gott sei Dank, in seiner Kabine geblieben.

Lisa stößt mich mit der Schulter an. "Was ist denn los?" "Da draußen! Zwei Männer! Sie haben jemanden erstochen. Ihn ins Wasser geworfen. Drei Boote von uns entfernt!", platzt es aus mir heraus.

Die drei öffnen kopfschüttelnd den Mund. Hastig fahre ich fort. "Die kenne ich. Das waren Carlo und Rainer!"

Ein halbes Jahr zuvor. Ich erinnere mich genau an den schönen Carlo und seinen tumben Bruder. Die beiden waren noch in ihrer Bewährungszeit in Willys Wohnung eingebrochen, obwohl dort regelmäßig eine Streife vorbei fuhr.

Ein ziemlich löcheriger Polizeischutz für Willy, der sich für die beiden Einbrecher immerhin als ausreichend erwies.

Merkwürdig war allerdings, dass sie lediglich die Kopie eines Vertrages gestohlen hatten. Eines Vertrages über den Kauf eines Grundstückes oder Areals in den Pyrenäen, der wohl irrtümlich in Willys Behörde gelandet war?

Die Rückfragen bei den spanischen Behörden bestätigten, dass alles mit rechten Dingen zu gegangen war.

Andererseits ist dieser Vertrag mutmaßlich der Grund dafür gewesen, dass sich ein Typ von der Mafia mit Willy getroffen hatte.

Vom Gespräch der beiden gab es ja sogar einen Mitschnitt. Was dort besprochen war für uns zunächst ein kryptisches Buch mit sieben Siegel; ein Verwaltungsbeamter, der kleinlich mit Vergaberechtlichen Begriffen um sich warf und ein Mafiosi, der sorgsam um den heißen Brei redete.

Die meisten dieser Aussagen des Typen haben wir inzwischen eingeordnet und übersetzt.

Nur mit dem Angebot, dass er Willy machte, können wir immer noch nichts anfangen.

Wie hatte er sich ausgedrückt? „Schauen Sie sich doch in der Welt um. Wie lange kann das noch gut gehen? Wir können ihnen absolute Sicherheit bieten."

Willy hatte dieses nach Schutzgelderpressung riechende Angebot abgelehnt und war dann beinahe erschossen worden. Daher glaubte er immer noch fest daran, dass es einen Zusammenhang mit dem Vertrag geben musste.

Die Staatsanwaltschaft hat es inzwischen aufgegeben, diese Spur weiter zu verfolgen. Na ja, es gab genügend Beweise, um dem Typen den Prozess zu machen. Mit Willy als Zeugen sowieso.

Trotzdem. Wir können uns einfach kein Motiv zusammenreimen. Denn warum sollten einige steinreiche Investoren ein großes, abgelegenes Areal kaufen, das weder über Bodenschätze noch über irgendeine Art von Infrastruktur verfügt?

Logbuch der Red Pony		
5. April....	Kythnos	Willy

Nur noch fünf. Wir erreichen Loutron, Kythnos am späten Nachmittag. Da kein anderes Schiff im Hafen liegt ist Platz genug um längsseits festzumachen. Ein recht einfaches Anlegemanöver!

Eigentlich! Wenn der Skipper nämlich dafür sorgt, dass die Leinen klar sind. So aber stehen Karlheinz und Otto mit einem Knäuel an Deck und fummeln herum, statt an Land zu gehen. Und der Wind treibt das Schiff jedes Mal vom Kai weg, wenn wir keine Fahrt mehr haben.

Insgesamt brauchen wir drei Versuche. Vielleicht ist es ja doch ein Irrtum, dass man Segeln ebenso wenig verlernt, wie Fahrradfahren.

Genau genommen ist es noch schlimmer. Irgendwie bin ich nicht bei der Sache. Aus dem ängstlich pingeligen Skipper von früher ist der schusselige 'wird-schon-irgendwie-gut-gehen-Typ' von heute geworden.

Es sind ja Kleinigkeiten, die gute´Seemannschaft ausmachen. So lassen wir unsere Fender nach dem Ablegen oben auf dem Deck liegen.

Natürlich fallen sie auch bei wenig Seegang immer wieder über Bord. Da sie noch an der Reling befestigt sind baumeln sie durchs Wasser bis wir sie wieder brauchen und hineinziehen.

Nach dem Otto auf dem Weg zum Bug darüber stolpert und ohne sein Livebelt über Bord gegangen wäre, nehmen wir die Dinger ab und werfen sie durch den Niedergang ins Schiff.

Es sind jetzt nur noch fünf. Bei einem Fender hat sich nämlich der Knoten an der Reling gelöst. Der treibt jetzt Mutterseelenallein durch die Ägäis.

In der Messe stolpere ich über die Fender und ziehe mir eine leichte Schulterprellung zu. Karlheinz stürzt zwar auch darüber, kann dabei aber nicht ohne Stolz seine hervorragende Falltechnik unter Beweis stellen.

Seit dem legen wir die Fender wieder dahin, wo sie eigentlich hingehören. In die Backskiste!

Nicht so eilig. Wir bleiben an diesem Abend wieder lange auf, trinken und reden uns den heutigen Schlag schön. Unser dreimaliges Anlegemanöver tun wir als lustigen Teil des Unterhaltsprogramms ab.

Meine Bemerkung über unseren ´Sprint´ vom Tempel des Poseidons hinunter in die Bucht kommentiert Karlheinz beinahe philosophisch: "Das Alter hat sein eigenes Tempo! Wir hören und sehen nicht mehr so gut. Aber wir bewegen uns auch langsamer. Das ist okay. Unser letzter Termin rennt uns ja nicht weg. Und niemand hat es eilig dahin zu kommen."

Otto schüttelt den Kopf. „Das ist sicher richtig. Wir bekommen das meistens gar nicht mit. Wir zählen zwar die eigenen Lebensjahre, alt werden aber nur die anderen. Unser Spiegelbild verändert sich ja nur sehr langsam." Karlheinz: „Wie kommst Du denn jetzt darauf?"

Otto: „In der letzten Woche bin ich einem alten Kommilitonen begegnet. Den hatte ich seit dem Studium nicht mehr gesehen. Erst habe ich ihn gar nicht erkannt. Und dann hat mich fast der Schlag getroffen." Karlheinz: „Weil der älter geworden ist?"

Otto: „Der Typ ist nicht einfach älter geworden. Vor mir stand ein fremder, alter Mann. Das war noch nicht das schlimmste." „Sondern?"

Otto: „Der hat mich derart ungläubig angesehen als ginge es ihm mit mir genau so."

6. April....	Paros	Willy

Abgeflaut und kabbelig. Am nächsten Morgen ist der Himmel wolkenlos. Bei mäßigem Wind segeln wir die erste Stunde nach dem Ablegen von Loutron einigermaßen entspannt. Lediglich der Kater vom Vorabend legt einen feinen Grauschleier über unsere Stimmung.

Erst mit einiger Verzögerung bemerken wir, dass der Wind abflaut und irgendwann ganz einschläft.

Und das auch nur, weil das Meer so kabbelig bleibt, dass Segel und Baum quietschend um sich schlagen.

Also stehe ich auf, um das Segel einzuholen und den Baum mittig mit der Schot festzumachen. Eine Böe knallt in die Segel und reißt mich von den Beinen.

Das Boot legt sich derart auf die ´Backe´, dass ich wohl über Bord gegangen wäre, hätte mir nicht zufällig die Stag im Weg gestanden.

Tief gebeugt hangele ich mich zum Steuerrad und versuche das Schiff wieder auf Kurs zu bringen.

Wellensurfen. Die nächsten Böen sind nur wenig schwächer, gehen dafür in einen Stark-Wind über, der uns wütend um die Ohren pfeift.

Ein hastiger Blick auf das Messgerät zeigt 40 Knoten, also gute 8 Beauforts! Die Wellen beginnen sich zu türmen.

Obwohl der Wind genau von hinten kommt, schaukelt und krängt unser Boot beängstigend. Um nicht auch noch zu kentern und versuche ich Fahrt aufzunehmen. Bei diesem Kurs ist das kein leichtes Unterfangen. Das Schiff surft übers Wasser statt hindurch zu pflügen. Der Druck aufs Ruder ist so groß, dass mir das Steuerrad immer wieder aus den Händen rutscht.

Reffen für Anfänger. Karlheinz und Otto tackern sich mit den Lifebelts an und gehen nach vorne um zu reffen. Ich habe es ihnen in Athen einmal kurz gezeigt.

Wenn ich ihnen brüllend eine größere Welle ankündige, halten sie sich sofort am Seitenstag oder am Mast fest. Dann sehen sie mich an und wenn ich nicke, werkeln sie weiter.

Genaue Kommandos zu geben, erspare ich mir. Selbst, wenn sie mich bei dem starken Wind hören könnten, wäre das sinnlos gewesen. Die Namen der Ösen, Fallen oder Klemmen sagen ihnen sowieso nichts.

Vor allem Karlheinz ist ungewöhnlich kaltblütig. Dass er sich auf einem Schiff befindet, auf dem er heftig hin und her geworfen wird, scheint er kaum zu bemerken.

Konzentriert hält er mich im Blick und sucht so nach Hinweisen für seine Reff-Aktion. Tatsächlich scheint er mein Nicken oder Kopfschütteln zu verstehen und stimmt sich durch Gesten und Blicke mit Otto ab.

In den Wind geschlagen. Ich denke an gestern Nachmittag, an den winzigen Supermarkt und daran was für ein Idiot ich bin.

Beim Einkaufen mit Otto hatte eine ältere Frau meinen Arm festgehalten: "Don´t leave tomorrow, not tomorrow, eight beauforts, take care for the Meltemi!" Sie sah mich so besorgt an, als sei ihr wichtig, dass uns nichts Schlimmes widerfährt.

Natürlich habe ich von diesem aus Norden kommenden Landwind gehört, der eigentlich als leichte Brise die Sommerhitze erträglich macht. Er konnte jedoch, das hatte ich ja selbst erlebt, zuweilen ein echter Rüpel sein. Aber wir waren gerade mal im Frühjahr angelangt.

Bei der Erwähnung dieser Begegnung hatten Karlheinz und Otto nur auf den wolkenlosen Himmel und die überschaubare Brise hingewiesen.

"Wieso machen sich Griechen Sorgen um Idioten, die hier aus Jux und Dollerei mit ihrer Plastikschüssel herumsegeln?", hatte Otto erstaunt gefragt.

Ich war der besorgten Frau durchaus dankbar gewesen, hatte aber keine Lust gehabt mit der Crew zu diskutieren. "Warten wir ab, wie es morgen früh aussieht!"

Verboten Eingelaufen. Nach sieben Stunden erreichen wir die große Bucht von Naoussa im Norden von Paros. Da sind wir nach gut 50 Seemeilen und mit Restalkohol vom Vorabend ziemlich fertig.

Wir haben auf deutlich weniger Wind gehofft, aber es kachelt hier genauso wie draußen. Lediglich die Wellen sind schwächer, vielleicht noch einen halben Meter hoch.

Der Kai, an dem die Passanten außen anlegen sollen, ist nach Westen ungeschützt, so dass die Wellen drüber schwappen.

Zu einem Manöver vor Bug- oder Heckanker mit einer kurzen Annäherung auf der Welle an den Kai, um die Festmacher zu belegen und uns dann wieder mit dem Anker auf viel Abstand zu ziehen, sind wir wohl kaum in der Lage.

Keiner von uns ist sprunggewaltig und schnell genug, um das zu schaffen. Ein Vollkontakt mit der Kaimauer wäre wohl nicht zu verhindern. Also ist ankern angesagt.

Wir versuchen es an mehreren Stellen, die laut Törnführer dafür geeignet sind. Doch das unterdimensionierte Stück Blech, das vor dem Bug herunter hängt, will nicht greifen.

Müde und resigniert folge ich Ottos Vorschlag und steuere in den Innenbereich des Hafens, der den einheimischen Fischern vorbehalten ist. Dort finden wir tatsächlich noch eine Lücke, bringen den Heckanker raus und fahren hinein.

Endlich liegen wir geschützt vor Wind und Welle. Leider nicht vor den bösen Blicken der Fischer. Da wir nicht verstehen, was sie uns zurufen, versuchen wir sie zu ignorieren.

Gar nicht so leicht, wenn man weiß, dass man im Unrecht ist und nur die eigene Unfähigkeit auf seiner Seite hat.

7. April....	Paros	Willy

Amboss-Wolke. Heute Morgen - oder ist es schon Mittag? - werden wir von lauten Stimmen geweckt.

Draußen am Kai steht eine Handvoll Fischer und gestikuliert wild. Ich höre nur das Wort: "Beauforts, Beauforts!" Die Finger der Männer zeigen aufgeregt zum Himmel, wo sich eine mächtige Amboss-Wolke auf uns zubewegt.

Eine heftige Böe wirft mich beinahe vom Deck herunter. Ich erwische gerade noch die ´Großschot´ um mich festzuhalten.

Der Wind dreht und wird stärker, drückt den Bug der Red Pony gegen die Kaimauer. Gestern war es noch ein Meter Abstand gewesen.

Otto versucht das Schiff am Heckanker von der Kai-mauer weg-zuziehen, gibt das aber schnell wieder auf.

"Was ist? Zieh doch!", rufe ich. Otto schüttelt den Kopf. "Fast kein Widerstand, wenn ich fester ziehe, dann ist er ganz raus!"

Ich sehe mich um. Die Fischer sind verschwunden. Bis auf einen. Der zeigt auf die Käike neben uns.

Er deutet mit der Hand auf uns und dann auf die Hafenausfahrt. Wir sollen wegfahren? Weil er Angst um sein Boot hat? Tatsäch-lich. Der Wind drückt die Red Pony immer stärker auf die Käike.

Schwerer Sturm. Der Wind ist hinterhältig. Mal tut er so als würde er nachlassen, lässt mich für einen Moment hoffen, um dann stärker als zuvor zurückzukommen. Ein böser Dämon, der laut brüllend mit den Fallen seinen wütenden Takt schlägt.

Das Wasser in der Bucht scheint zu kochen. Es ist eisig kalt und stockfinster geworden. Mit klammen Fingern nehme ich die Kappe vom Display am Ruder ab und schaue auf den Windmesser. 53 Knoten! Schwerer Sturm!

Können wir in diesem engen Hafen ein Manöver fahren? Hmh? Erst mit viel Gas rückwärts aus der Lücke, aber aufpassen, das die Leine des Heckankers nicht überfahren wird. Zweitens den Vorwärtsgang rein und mit Vollgas abbremsen? Dabei hoffen, dass Karlheinz oder Otto den Heckanker schnell genug an Bord holen können. Drittens Fahrt aufnehmen und raus aus dem Hafen?

Wahrscheinlich werde ich mir nicht mal aussuchen können mit welchem anderen Boot ich zwischen zweitens und drittens auf 'legerwall' zusammen krache.

Der Fischer hat doch einen Knall, uns wegschicken zu wollen! Von wegen Griechen, die um uns besorgt sind! Nein! Hier im Hafen bleiben ist vielleicht feige, aber eindeutig sicherer.

Gemeinsam mit Otto packe ich die verbliebenen Fender vor den Bug und auf die Leeseite, wo die Käike des Fischers liegt. Der verdreht die Augen und geht kopfschüttelnd zurück ins Dorf.

.

Das Meer ist gut. Otto und Karlheinz klettern wieder unter Deck, um sich vor dem Wind zu schützen. Auch mir ist kalt, aber ich setze mich noch für einen Moment ins Cockpit und starre auf das aufgepeitschte Meer.

Den direkten Kontakt mit Wasser vermeide ich ja lieber. Nicht nur weil ich kaum schwimmen und darin nicht atmen kann. Aber ich schaue es gerne an. Vom Ufer oder von Bord eines Schiffes aus entspannt es mich.

"Du bist wie Wasser!", hat Lisa einmal zu mir gesagt, "nicht zu greifen, suchst Dir stets den einfachsten Weg und was sich Dir in den Weg stellt, fegst Du zur Seite!"

„Und Du bist ein Teich, der vom Regen aus Widersprüchen getrübt die Wahrheit zu Eis gefrieren lässt!", habe ich beleidigt zurück gegeben. Hmh? Damals wusste ich noch, was ich damit meinte.

Wir haben uns dann geeinigt, dass jeder von uns den Funken Wahrheit in den Worten des anderen suchen sollte. Ich vermute, dass wir beide nur den jeweils anderen meinten.

Frustriert schaue ich auf die Wellen. Lange. Sie kommen näher. Berühren mich. Überschwemmen meine Gedanken, schwappen mit ihnen durcheinander.

Aus den Augenwinkeln sehe ich eine Gestalt auf der Kaimauer Eine Frau, die winkt! Lisa? Sie lacht mich an. Oder aus? Ach nein. Das ist ja nur eine Plane, die sich losgerissen hat.

Die Wellen beruhigen sich. Ich mich irgendwie auch! Sie haben ja recht! Das Wasser ist nicht böse. War es nicht oft freundlich und hilfsbereit, hat schwere Lasten, wie unser Schiff getragen, uns klar und warm zum Baden eingeladen?

Dabei hat es schon so viel Schlimmes erlebt, Gewitter, Stürme, Eiszeiten und Vulkanausbrüche ertragen müssen und sich niemals beklagt.

Nein, das Wasser ist nicht schlecht. Wie oft hat es unseren Weg mit seinem herrlichen Blau und sanftem Rauschen begleitet? Beim Segeln geht es ja nicht darum eine Strecke zu überwinden, sondern entspannt auf dem Meer dahinzugleiten und den Augenblick genießen.

Merkwürdig. Man feiert die Geburt und trauert, wenn jemand stirbt. Die Zeit dazwischen hetzen wir uns ab oder schlagen sie tot. So als wäre unser Leben eine Last, die wir so schnell wie möglich hinter uns bringen wollen?

8. April....	Naxos	Willy

Mülltrennung. Gestern Abend hielt sich die Trinkerei im Rahmen, so dass wir heute Morgen einigermaßen handlungsfähig sind. Na ja, Morgen ist übertrieben, aber Vormittag stimmt.

Zum ersten Mal seit wir in Athen gelandet sind, duschen wir und wechseln auch die Unterwäsche.

Vielleicht kommt ja mit der Hygiene auch die gute Seemannschaft zurück. Otto scheint das jedenfalls zu glauben. "Ich habe das Gefühl, dass die Dusche auch den inneren Dreck weggespült hat!"

Karlheinz grinst: "War das Wasser zu heiß oder hast Du mit einem Guru geduscht?" "Bist Du Deinen Müll nicht los geworden? Ich dachte, bei Euch zu Hause wäre alles in Ordnung!", gibt Otto zurück.

"Na ja, dass mit der Mülltrennung ist nicht so einfach!", nickt sein Gegenüber. Otto: "Machst Du Dir Sorgen um Deine Frau?"

Ich bin irritiert. Wir haben ihm doch eigentlich gar nichts über Sana oder Lisa erzählt, höchstens ab und zu mal eine Bemerkung gemacht.

Er tippt mir auf die Schulter. "Mülltrennung! Bist Du da schon weitergekommen?"

"Schon möglich!", nicke ich halbherzig und wechsle vorsichtshalber das Thema: „Was haltet ihr denn davon, es heute mal ruhig angehen zu lassen?"

Otto sieht mich verwundert an. "Ausgerechnet hier? Wieso?" "Na ja. Wir sind nicht mal in Athen für mehr als einen Tag liegen geblieben, um uns mit dem Schiff vertraut zu machen!", erkläre ich.

"Aber ausgerechnet hier?", fragt nun auch Karlheinz. „Nein, natürlich nicht hier." Ich halte ihm die Seekarte unter die Nase.

"Hier dürften wir ja eigentlich gar nicht liegen. Wie wäre es mit Naxos. Das ist nicht weit von hier!" Ich zeige mit dem Finger, wo wir sind.

Fender-Tanz. Gegen Mittag legen wir ab und segeln die Nordküste von Paros entlang. Der Wind kommt mäßig aus Nord, die See ist ruhig.

Mit halbem Wind erreichen wir eine gute Stunde später die Bucht und den Hafen von Naxos.

An der L-förmigen Pier des Yachthafens gehen wir längsseits. Ohne nennenswerten Wind und bei ruhigem Wasser können wir uns mit allem Zeit lassen und es funktioniert ganz gut.

Der Hafen ist relativ ungeschützt, aber ich hoffe darauf, dass das Wetter für ein oder zwei Tage auf unserer Seite sein wird.

Eine Fähre kommt großspurig hereingefahren. Ihr Schwell ist einen halben Meter hoch und schüttelt uns kräftig durch. Unser Boot tanzt heftig auf und ab, so dass die Fender nicht mehr zwischen Schiffsrumpf und Mauer hängen, sondern auf dem Kai herum spazieren.

Auch als die Fähre bereits festliegt, schaukelt sich die Welle noch weiter auf. Wir stehen mit einem Bein auf dem Schiff, dem anderen auf dem Kai, um uns von der Mauer abzuhalten und immer wieder die Fender dazwischen zu schieben.

Tempeltor. Schließlich starte ich den Motor und lege rückwärts fahrend ab, um dann vorwärts Richtung Hafeneinfahrt zu steuern "Legt die Leinen in die Backskiste!", entscheide ich, "wir ankern im Außenhafen!"

So machen wir das auch; bringen den Heckanker mit der Leine vorn an der Klampe heraus. Dieses an einen breiten Klappspaten erinnernde Teil greift sofort.

Deutlich besser jedenfalls, als dieses kleine Stück Blech, das sich Buganker nennt. Endlich liegen wir ruhig. Noch dazu mit Blick zum Tempeltor auf der kleinen Landzunge, die den Außenhafen schützt.

Obwohl wir kaum Hundert Meter von ihm entfernt sind, ist das Tor tagsüber nicht zu sehen. Nachts dagegen wird es von Scheinwerfern angeleuchtet und überstrahlt den Hafen regelrecht.

Die Diskothek, die sich direkt davor befindet, hat zum Glück noch nicht geöffnet, ebenso wie viele der Restaurants und Geschäfte, die sich um den Yachthafen gruppieren.

Gut, dass wir noch keine Saison haben, denn fast alles hier ist auf junges Publikum ausgerichtet und wirkt wenig ursprünglich.

In der Hauptsaison hätten wir hier wahrscheinlich auch auf dem Boot kein Auge zugemacht.

Wir liegen den ganzen Nachmittag auf der faulen Haut und gehen nur zum Abendessen mit dem Dingi an Land.

Das Essen in dem einzigen, geöffneten Restaurant ist besser als ich es an einem solchen Touristenspot erwartet habe.

Es ist sogar ausgesprochen gemütlich. Vielleicht liegt es ja auch daran, das es hier keine Fischer gibt, die uns vorwurfsvolle Blicke zuwerfen.

| 9. April.... | Ios | Willy |

Skylla und Charybtis. Am Morgen legen wir gegen zehn Uhr ab. Ich habe die Crew auf die Fahrt durch die Düse zwischen Paros und Naxos eingestimmt, denn an der engstens Stelle kann es schon mal heftig werden.

Wenn man jemanden auf etwas Schlimmes vorbereitet und es kommt anders steht man am Ende als Panikmacher da. So wie diesmal, denn der Düseneffekt zwischen 'Skilly und Charybtis' bleibt aus.

An der engsten Stelle weht heute nur ein laues Lüftchen, so dass wir meistens unter Motor fahren. Auch das Wetter spielt mit; sonnig, etwas über 20 Grad, ruhige See und die kleine Bugwelle applaudiert dazu.

Verscheucht. Fünf Stunden später haben wir den geschützten Hafen von Ios erreicht. Um die Mooring aufzunehmen mit der wir festzumachen wollen, fahre ich rückwärts auf den Kai zu. Es fehlen nur noch vier, fünf Meter.

Karlheinz steht schon bereit um mit den Leinen an Land zu gehen. Otto hält den Bootshaken wie eine Lanze vor seiner Brust.

Lautes Rufen und eine heftig gestikulierende Gestalt am Ufer? Erschrocken gebe ich Vorwärtsgas und stoppe auf.

Der Mann auf dem Kai ist wohl einer der Fischer. Er wedelt mit den Händen in unsere Richtung als verscheuche er eine lästige Fliege.

Ich sehe nun den Haufen Fischernetze zu seinen Füßen und verstehe auch sein "my place" und ´for my ship´ und ´for the work´.

Irritiert fahre ich zurück ins Hafenbecken. Karlheinz klettert kopfschüttelnd wieder ins Cockpit und knallt die Leinen auf die Backskiste. Otto stützt sich auf den Bootshaken, wie ein Ritter nach verlorener Schlacht.

Der Fischer zeigt von seinem Liegeplatz weg zur linken Seite des Hafenbeckens, wo das Ufer nicht belegt ist. Also fahre ich einen Bogen und schaue nach, wo wir am Besten anlegen können.

Mooring. Vielleicht liegt es ja an meinen Augen. Nirgendwo an der Kaimauer sehe ich eine Mooring-Leine herunterhängen. Egal. Ich entscheide mich für eine größere Lücke zwischen zwei Fischerbooten, drehe unsere Yacht in die Mitte der Hafenbucht, um dort den Buganker heraus zubringen und dann rückwärts an den Kai zu fahren.

Bevor ich Otto mein „fallen Anker" zurufen kann beginnt unser Motor zu Stottern, dreht langsamer und erstirbt schließlich ganz. Hektisch versuche ich ihn wieder in Gang zu bringen. Der Motor wimmert nur kurz. Das ist es dann gewesen!

Besorgt schaue ich vom Heck ins reflektierende Wasser, um unsere Versetzung durch Strom und Welle abzuschätzen.

Nicht so leicht. Es dauert eine Weile bis ich ganz sicher bin. Wir treiben gar nicht ab. Die Wellen plätschern an uns vorbei, so als lägen wir vor Anker.

Hmh? Offenbar hat sich eine Mooring-Leine um unsere Schiffsschraube gewickelt und hält uns fest. Mitten im Hafenbecken. Von den Kaimauern hinter uns und rechts und links jeweils 20 bis 30 Meter entfernt.

Publikum. Die Leute am Kai haben bemerkt, das etwas nicht stimmt und bleiben stehen; Touristen, Personal aus den Kneipen, Mitarbeiter der Verwaltung und des Hafens oder wer sonst noch da ist. Sie reden und gestikulieren lebhaft miteinander, manche feixen amüsiert.

Und nun? Die Leute erwarten wohl das der Skipper etwas unternimmt und nicht nur hilflos auf dem Deck herum steht. Hmh? Außer am liebsten im Boden versinken fällt mir im Moment nichts ein.

Oder doch? Ich gehe zur Badeplattform, ziehe mich bis auf die Unterhose aus und lasse mich ins Wasser gleiten. Bei einer Wassertemperatur von 11 Grad ganz schön heroisch. Immerhin bin ich vom Ufer aus nicht mehr zu sehen. Der Kälteschock bleibt aus oder ich bemerke ihn vor lauter Aufregung nicht.

Hmh? Wenn ich schon mal hier bin, könnte ich vielleicht sogar zur Schiffsschraube tauchen und sie von der Mooring-Leine befreien.

Na ja, Versuch macht klug. Kaum unter Wasser ist der mutige Optimismus verschwunden. In der trüben Brühe ist die Schiffsschraube kaum zu sehen, vom Ende der Leine ganz zu schweigen. Ich fummle und zerre ein wenig daran herum, da geht mir auch schon die Luft aus.

Dafür kommt die Angst es nicht mehr an die Oberfläche zu schaffen. Hastig schwimme ich nach oben, verliere prompt die Orientierung und stoße mit dem Kopf gegen den Boden eines Bootes. Nicht nur einmal.

Quasi ertaste ich auf diese Weise meinen Weg. Am Ende ist der gefühlte Nichtschwimmer in mir heil froh, nicht auch noch ertrunken zu sein.

Fisherman's friend. Abgetrocknet und umgezogen klettere ich den Niedergang hoch und stelle ich mich zu Karlheinz und Otto ins Cockpit. Die beiden schauen mich fragend an.

Die Antwort bleibt mir erspart, denn ein älterer Fischer, dessen Schlauchboot bereits neben uns liegt, ruft uns etwas zu: „Kitrinos." Keine Ahnung, was er meint.

Vor dem Bug der Red Pony hält er an, schüttelt den Kopf und kommandiert: "The yellow rope!"

Er zeigt auf eine gelbe Boje, die noch 30 Meter weiter draußen liegt. Ich verstehe, was er meint, belege die 40 Meter lange Leine am Bug und reiche sie dem Fischer herunter, der sie ohne mich eines Blickes zu würdigen entgegen nimmt.

Er rudert hin zur gelben Boje und macht die Leine mit geübten Handgriffen fest. Das geht so schnell, dass er Minuten später schon wieder unser Boot erreicht. Diesmal liegt sein Schlauchboot vor unserem Heck und er schnauzt herum: „Another rope".

Ich binde zwei 20 Meter lange Leinen zusammen, fixiere das eine Ende am Heck und reiche ihm den Rest aufgeschossen in sein Ruderboot. Er nimmt sie mir wortlos ab, rudert in Richtung Kai und legt sie dort über den Poller.

Ja, klar! Nun liegt unser Boot selbst dann noch fest, wenn sich die Mooring von der Schraube löst.

Seglers Blamage. Mir fällt ein, dass ich mich bei dem hilfsbereiten Alten bedanken sollte. Aber von dem Fischer ist nichts mehr zu sehen.

Eigentlich hätte ich selbst darauf kommen müssen. Für solche Fälle haben wir ja das Schlauchboot, das aufgepumpt vor dem Mast auf seinen Einsatz wartet.

Otto ist meinem Blick gefolgt: „Okay, nehmen wir das Ding doch um an Land zu kommen." Also lassen wir es zu Wasser. Eine ziemliche Rödelei.

Auch das Einsteigen ist ein Kapitel für sich. Zuerst rutscht Otto von Karlheinz und mir an den Händen festgehalten hinein. Dann Karlheinz, der durch mich gesichert von Otto in das kippelige Ding gezogen wird.

Und schließlich ich, der mehrfach von den beiden anderen aufgefordert werden muss, endlich die Reling loszulassen. Es grenzt an ein Wunder, dass keiner von uns ins Wasser fällt.

Otto und Karlheinz nehmen die Paddel, stoßen uns ab und tauchen sie vorsichtig ins Wasser. Ich richte meinen Blick aufs Ufer. Eine Kellnerin beobachtet amüsiert, wie wir langsam und in Schlangenlinien auf sie zu fahren.

Anlegen und beschämt die eiserne Leiter hochklettern gelingt uns ohne weitere Peinlichkeit.

Vorgeführt. Die Augen der Kellnerin sind immer noch auf uns gerichtet. Ich gehe ich zu ihr hin: "Excuse me! Do you know a Diver?"

Sie lacht. "Pech gehabt, aber ihr seid nicht die ersten denen das passiert. Der Janny, also der Taucher, ist heute nicht da, der ist zum Fischen in einer anderen Bucht. Der kommt erst morgen früh zurück. Ich rufe ihn mal an!"

Hmh? Offenbar kennt sie diesen Janny ganz gut oder er ist in diesem Ort so prominent, dass man so etwas eben weiß. Sie hat jedenfalls nicht einen Moment überlegen müssen.

Der Fischer, der uns das eingebrockt hat, kommt lächelnd auf mich zu. Seinem „sorry" folgt eine einladende Handbewegung zu einem gemeinsamen Spaziergang um das Hafenbecken.

Nach ein paar Schritten zeigt er mir grinsend, wo ein besserer Liegeplatz für uns gewesen wäre. Die subtile griechische Art mir zu zeigen, was er von mir hält? Ja, so wie er mich ansieht bin ich sicher.

"What the reason for showing me to be a stupid?", fragen ihn meine in die Jahre gekommenen Englischkenntnisse. Er schaut aufs Wasser und murmelt irritiert: "Excuse me!"

Wir reden dann über die Besonderheiten dieses Hafens und des Ortes. Manchmal klingt leise Ironie durch, wenn er von ´this town´ oder vom Ortskern als ´City´ spricht.

Er will wissen, welchen Weg wir hier her genommen haben. Sein gut verständliches, präzises Englisch ist wohl typisch für dieses internationale Segelrevier. Die Frage, die man üblicher Weise als erstes stellt, kommt erst nach ein paar Minuten.

"Where do you come from?" Dass ich aus Deutschland komme, scheint ihn nicht zu überraschen.

"Dann können wir deutsch sprechen", grinst er, "ich stamme nämlich aus Bielefeld!"

Hmh? Unsere Nationalität muss ihm von Anfang an klar gewesen sein. Er hat mich also auf den Arm genommen.

Mein Ärger ist zwar da, traut sich nach unserem Desaster aber nicht heraus zu kommen. Besser nicht übel nehmen. Ich habe es ja selbst erlebt, wie die Crews mancher Yachten sich hier aufführen.

Wir verabschieden uns mit einem Händedruck. Meine Crew steht noch mit der Kellnerin zusammen. Sie schlägt vor, doch in die Taverne zu gehen, in der sie arbeitet.

Jürgen und Charisa. Meine Erinnerung hat mich nicht getäuscht. Es ist dort wirklich nicht sehr griechisch, zum Glück ist nicht auch noch das Essen englisch.

Ich lege gerade meine Serviette auf den Teller und lehne mich mehr als gesättigt zurück, da höre ich ein Geräusch an der Eingangstür. Der Fischer aus Bielefeld!

Er nickt mir zu und tritt an unseren Tisch. „Tut mir leid, dass ich der Auslöser eures Missgeschicks war."

Wir bitten ihn, sich zu uns zu setzen und er bestellt für uns alle eine Runde Ouzo.

Nach einem kurzen auf griechisch geführten Telefonat ist klar, dass er eine Stunde bleiben kann. Oha, denke ich, da hat aber jemand anderer die Hosen an.

Die eine Stunde dauert dann ein wenig länger und unser Fischer wird, dem Ouzo sei Dank, ziemlich redselig.

Wir erfahren, dass er nach dem Lehramts-Studium als Rucksacktourist hier her gekommen war.

Auf der Fähre begegnete er einem jungen Mädchen, das von Thessaloniki zurück zu ihren Eltern reiste. Sie hatte bis zu ihrem Abitur auf dem Festland bei ihrer Tante gewohnt.

Leider waren ihre Eltern sehr konservativ. Das Mädchen durfte in der ersten Zeit nicht mal mit ihm sprechen. Trotzdem verlängerte er seinen Urlaub auf dieser Insel. Erst nur für ein paar Tage, dann für einige Wochen.

Als ihm das Geld ausging, nahm ihn einer der Fischer als Aushilfe mit auf sein Boot und gab ihm dafür Kost und Logis. Und als Handlanger auf einer Baustelle verdiente er sich noch ein paar Drachmen dazu. In der ersten Zeit machte sich das ganze Dorf über ihn lustig. Das bekam er mit, obwohl er kein Wort griechisch verstand.

Zwei junge Männer aus dem Dorf, die recht gut englisch sprachen, hielten damit auch nicht hinter dem Berg. Anfangs waren die beiden ihm feindselig und hämisch begegnet.

Nach dem er ihnen ein paar mal auch beim Ausladen ihres Fischfangs geholfen hatte, fanden sie ihn immer noch komisch, wurden aber freundlicher. Sie brachten ihm auch griechisch bei.

Obwohl er sich mit dem Mädchen, Charisa, nicht einmal verabreden durfte, kannten alle Leute im Dorf den Grund seiner Anwesenheit.

Nach vier Wochen hatte er die Dorfbewohner, zumindest den weiblichen Teil, für sich eingenommen.

Einer der jüngeren Männer, Andres, mit dem er sich ein wenig angefreundet hatte, erzählte ihm, die alten Weiber würden von ihm nur noch als Romeo und von Charisa als Julia sprechen.

Schließlich setzten die Frauen des Dorfes ihren Vater so unter Druck, dass die beiden sich endlich treffen konnten.

Aus den paar Tagen sind inzwischen 17 Jahre und aus Jürgen Jorgos geworden. Er hatte hier die Frau fürs Leben gefunden und zwei Kinder hörten inzwischen auf den schönen deutschen Namen´Krüger´.

"Na ja, dass sie darauf hören ist vielleicht zu viel gesagt!", grinst er, "aber sie heißen so!"

Karlheinz und ich schauen uns an. Wir freuen uns natürlich für Jorgos. Sagen ihm das auch. Ich bin sogar sicher, dass seine Geschichte im Großen und Ganzen der Wahrheit entspricht. Vielleicht ein wenig ausgeschmückt.

Wir sind ja selbst mit unserer 'Frau fürs Leben' verheiratet und wissen, dass so viel Romantik einer gut motivierten Erinnerung bedarf.

Abschied, distanziert. Gegen Ende des Abends überlegen wir, wie es bei uns wohl weitergehen wird.

Otto: „Was machen wir denn, wenn der Taucher uns morgen von dieser blöden Mooring befreit hat?"

Jorgos: "Der Taucher? Janny?" Klar, er kennt hier schließlich alles und jeden. "Ja, so heißt er wohl!", bestätige ich.

Er verzieht den Mund und sieht angewidert auf die Uhr. Hhm? Es ist wohl später geworden als geplant.

Trotzdem bin ich überrascht, dass er sich so plötzlich von uns verabschiedet. Seine abweisende Miene kann ich mir noch weniger erklären.

Logbuch der Baltic Bird		
8. April....	Ios	Sana

Zeugendilemma. Am Morgen steigen Lisa und ich erst mal alleine hoch ins Cockpit. Um selbst nicht gesehen zu werden bleiben wir auf den Knien und schauen über die Bordwand.

Unsere Vorsicht erweist sich als überflüssig. Die Yachten, die neben uns gelegen haben, sind nicht mehr da.

Wir klettern hinunter auf den Kai und suchen die Wasseroberfläche ab. Gründlich. Doch außer leeren Cola-Dosen, Plastiktüten und einem Stück Holz schwimmt dort nichts herum.

„Eigentlich müssten wir zur Polizei gehen", knurrt Lisa. „Wieso eigentlich?" „Na ja. Du bist doch Kriminalbeamtin. Was wird denn passieren, wenn wir das der Polizei melden. Falls es überhaupt eine Leiche gibt, dürfte man sie sicher nicht so schnell finden oder uns einfach gehen lassen. Dann kann es für Willy und Karlheinz zu spät sein."

Wir entscheiden, das Ganze erst mal für uns zu behalten, gemeinsam mit den anderen zu frühstücken und im übrigen so zu tun, als wäre nichts gewesen.

Katerstimmung. Beim Frühstück kann ich Manuela und Heiner davon überzeugen, meine Beobachtung von gestern Abend erst mal für sich zu behalten.

Heiner zuckt nur mit den Achseln. Die verkaterte Manu sieht niemanden an und konzentriert sich auf ihren Teller, hat aber noch nichts angerührt.

Merkwürdig. Lisa fragt nicht die anderen, sondern mich, ob alles in Ordnung sei. Befürchtet sie, dass mir das mutmaßliche Tötungsdelikt von gestern zu schaffen macht?

Immerhin bin ich seit einem Vierteljahrhundert bei der Polizei. Das würde ich ihr schon zeigen.

Personalausweis? Ich beuge mich herüber zu Christos: "Es gibt zwei Möglichkeiten. Entweder wir beschweren uns bei unserem Vercharterer über Dich, dann bist Du wohl die längste Zeit Skipper gewesen oder Du kooperierst!"

Er lächelt säuerlich. "Klar, ich kooperiere!" Meine Hand patscht auf den Tisch: "Mit kooperieren meine ich nicht nur, dass Du uns in Ruhe lässt, sondern uns auch einen Gefallen tust!"

Ich setze meinen besten Polizistinnen-Blick auf. Den habe ich mir eigentlich für die Maßanzugträger antrainiert. Für den Augenblick, in dem ich sie am Wickel habe. Oft genug Schwerverbrecher, die glauben, weil sie so reich und mächtig sind, würden für sie die Gesetze nicht gelten. Na, so ganz unrecht haben sie ja nicht! Klar, ich schieße mit Kanonen auf Spatzen. Aber nach gestern Abend kann ich nicht anders. "Jetzt will ich erst mal Deinen Ausweis sehen!"

Er schnappt empört nach Luft, nestelt dann aber seine Brieftasche aus dem Rucksack. Ein deutscher Personalausweis, in dem sein griechischer Name steht?

Das Passfoto zeigt einen deutlich jüngeren Mann, aber es besteht kein Zweifel, dass er es ist. Dem Geburtsdatum nach ist er ein paar Jahre jünger, als ich ihn eingeschätzt habe.

"Wie kommst Du an die deutsche Staatsangehörigkeit, wo Du doch in Griechenland lebst?" "Aber ich habe doch nichts ...", setzt er an wird aber von mir unterbrochen. "Beantworte meine Frage!"

Sein hilfesuchender Blick trifft auf die abweisenden Mienen der anderen. Selbst die von Manu ist versteinert.

Ein Lebenslauf. Anfangs muss ich einige Mal nachhaken, aber nach einigem Hin und Her erfahren wir, dass er der Sohn griechischer Eltern ist, die eine Taverne in Köln führen. Sein Studium, Altgriechisch und Geschichte, hatte er nach sechs Semestern abgebrochen, um mit seiner damaligen Freundin in ihren Geburtsort nach Paros zu ziehen.

Dort schlug er sich anfangs mit Gelegenheitsarbeiten durch, während sie als Sekretärin bei der Stadtverwaltung Arbeit fand. Nach einem halben Jahr bekam er dann die Gelegenheit für einen Vercharterer zu arbeiten. Dort führte kleinere Reparaturen an den Schiffen aus.

Später ergab es sich, dass er durch den Ausfall eines Kollegen einspringen und schließlich als Skipper arbeiten konnte.

Irgendwann war seine Freundin misstrauisch geworden, unterstellte ihm, es mit der Treue nicht so genau zu nehmen und trennte sich von ihm. Sie war nun seit zwei Jahren mit einem Beamten der Inselverwaltung verheiratet. Das scheint ihn heute noch zu schmerzen.

Keine Ahnung, ob er erleichtert ist, sich seine Geschichte von der Seele zu reden. Vielleicht hofft er auch nur auf unser Mitgefühl und will uns darin einwickeln.

Hafenabfragen. "Okay!", sage ich streng, "ich glaube Dir und es tut mir auch ein bisschen leid für Dich, aber nur ein bisschen, denn Du wirst schon nicht so ganz unschuldig sein!" Er zuckt nur mit den Schultern.

"Du wirst ja in den Jahren ganz schön herum gekommen sein und die Leute kennen, die in den Häfen der Inseln arbeiten!", setze ich an und tausche einen schnellen Blick mit Lisa.

"Daher bitte ich Dich, ein bisschen herum zu telefonieren und zu fragen, ob eine bestimmte Yacht in einem der Häfen liegt! Okay?"

"Wie heißt das Boot denn?" Er klingt schon wieder recht selbstbewusst. „Red Pony", sage ich. Die Fragen, um was es denn gehen würde, beantworten wir natürlich nicht. Trotzdem nimmt er sein Handy aus der Segeljacke und geht brav nach unten.

Logbuch der Red Pony		
10. April....	Ios	Willy

Coram publico. Seit 7 Uhr warten wir auf den Taucher. Die Fischer hier sind ja sehr früh unterwegs.

Nach dem wir uns erst im Cockpit, dann am Bug die Beine in den Bauch gestanden haben sitzen wir jetzt auf den Backskisten. Als wolle sie uns ärgern tickert die Zeit noch langsamer als sonst herunter. Gegen 10 Uhr fahren wir mit dem Dingi an Land, um dort zu warten.

Als der ´Diver´ kommt ist es fast Mittag. An der Kaimauer haben sich Schaulustige versammelt und beobachten unser Boot. Anfangs nur eine Handvoll sind es inzwischen mehr als zwei Dutzend geworden. Die anstehende Aktion hat sich offenbar herum gesprochen.

Noch bevor wir den Taucher sehen können wird die Menschenmenge unruhig, teilt sich dann und macht in der Mitte eine Gasse frei.

Wie bei einem Staatsbesuch schreitet er durch ein Spalier auf uns zu. Eine Zigarette in den Mundwinkeln trägt er einen Neoprenanzug mit Bleigürtel und hält ein großes Messer in der Hand. Weitere Ausrüstung, wie eine Sauerstoffflasche, hat er nicht dabei.

Er grüßt einige der anwesenden Männer mit einem knappen Kopfnicken oder wirft ihnen eine launige Bemerkung zu.

Die Mädchen und Frauen beachtet er kaum. Umgekehrt lassen ihn die Zuschauerinnen nicht aus den Augen.

Janny ist ohne Frage ein sehr attraktiver Mann von Ende 30, Anfang 40. Seine gelassenen Bewegungen und das sympathische Grinsen sind Hollywood reif. Fehlte nur noch der rote Teppich und das dazugehörige Blitzlichtgewitter.

Angeranzt. Einer der Fischer hält ihn an und redet auf ihn ein. Ich erkenne den Besitzer der Mooring mit dem wir nun durch unsere Schraube irgendwie verbunden sind.

Er hat bereits mit mir gesprochen. Wenn man sein Anschnauzen so nennen will. Griechisch! Trotzdem verstehe ich, dass er mich für einen kompletten Idioten hält.

Ich habe ihm da nicht widersprochen. Aber eine reingehauen hätte ich ihm trotzdem gerne.

Der Taucher hat uns nun erreicht und begrüßt mich mit einem kräftigen Geschäftspartner-Händedruck. Dem Rest meiner Crew nickt er nur zu.

Hat er erkannt, dass ich der Skipper bin? Es ist ja oft so, das man die Rolle einer Person an Haltung und Miene erkennt. In diesem Fall vermutlich, weil mir das schlechte Gewissen ins Gesicht geschrieben steht.

Ein wenig süffisant teilt er mir mit, dass der Eigner der Mooring ihn gebeten habe, die Leine nicht einfach abzuschneiden, sondern sie möglichst abzuwickeln.

Kopftuch, blau. Die Menschenmenge schließt die Gasse wieder und steht nun an der Kaimauer. In der vorderen Reihe auch die Kellnerin von gestern Abend.

Sie ruft einer hübschen Frau von Mitte Dreißig etwas zu. Ich verstehe nur ihren Namen „Charisa" und dass es um ihr hellblaues Kopftuch geht. Die antwortet laut lachend etwas das wie „molis gia tin janny" klingt. „Sie trägt es für den Taucher", flüstert eine Touristin ihrem Begleiter zu. Der steht direkt neben mir.

Beide Frauen lassen den Diver nicht mehr aus den Augen, schubsen sich gegenseitig an und kichern. Janny steckt sein Messer in den Bleigürtel und gleitet vom Kai ins Wasser.

„Yperocho cheli´", prusten die beiden und schubsen sich mit den Schultern an. Mein Nebenmann schaut seine sprachkundige Freundin fragend an. Die Übersetzung kommt auch prompt. „Prächtiger Aal."

Der Taucher schaut irritiert in ihre Richtung. Erst nach dem ein Fischer ihn lachend darauf aufmerksam macht, nimmt er seine Zigarette aus dem Mund und wirft sie ans Ufer. Dann stößt er sich ab und schwimmt los. Beeindruckend, wie schnell und sicher er trotz Bleigürtel zum Boot krault.

Aus der Menschenmenge ist ein empörtes Murmeln zu hören. Ich drehe mich um und versuche die Ursache der Unruhe auszumachen.

Kann aber nur noch sehen, wie der Fischer aus Bielefeld in der Menge verschwindet und dabei energisch die Frau mit dem blauen Kopftuch hinter sich her zieht.

Untergetaucht. Janny hat die Yacht erreicht, atmet ein paar Mal tief ein und aus, dann taucht er unter.

Automatisch schaue ich, wie andere auch, auf die Armbanduhr. Ich bin erstaunt, wie langsam nun die Zeit vergeht. Nach einer Minute halte ich selbst den Atem an. Als zwei Minuten herum sind, werde ich unruhig. Damit bin ich nicht allein.

Deuten das aufgeregte Gemurmel und die besorgten Frauenstimmen darauf hin, das etwas schief gegangen ist? Ich frage, mich, ob man nicht etwas unternehmen müsste.

Entprangert. Da! Endlich, nach fast drei Minuten taucht Janny wieder auf, atmet schnell und tief. Er wendet sich uns zu. Seine Miene wirkt bekümmert.

Dann kommt sein Arm aus dem Wasser und zeigt einen nach oben gereckten Daumen. Die Crew der Red Pony applaudiert erleichtert. Die umstehenden Inselbewohner johlen laut.

Getragen vom Applaus fliegt Janny beinahe übers Wasser und zieht sich mit einer geschmeidigen Bewegung auf den Kai.

Dann steht er nass mit breitem Grinsen vor mir. Ich nicke ihm anerkennend zu, zahle den vereinbarten Betrag und bedanke mich.

Die 200 Euro sind ehrlich verdient. Schließlich hat er nicht nur unser Boot befreit und uns vom Pranger geholt, sondern mir auch die Zügel unseres roten Ponys zurück gegeben.

Angelegt und abgerollt. Eine halbe Stunde später legen wir an. Vor den Augen von noch rund zwanzig Zuschauern, die offensichtlich auf die nächste Katastrophe warten.

Doch es klappt alles mehr oder weniger einwandfrei. Für Gelächter sorgt lediglich Karlheinz, der sich vom Heck aus zum Ufer abstößt. Der Sprung gerät wieder mal zu flach, so dass seine Füße an der Mauer hängen bleiben.

Immerhin landet sein Oberkörper auf dem Kai, abgefedert durch die Unterarme rollt er über die Schulter ab, so dass sich die beiden Heckleinen in seinen Händen um den Körper wickeln.

Unbeeindruckt von der Reaktion der Zuschauer steht er auf, dreht sich um die eigene Achse und befreit sich so von seiner Fessel. Dann belegt er die Heckleinen routiniert an den Pollern. Seine übertriebene Verbeugung wird wohlwollend spöttisch mit Beifall belohnt.

Ich schaue noch mal zu dem ersten Liegeplatz an dem nun das Boot des deutschen Fischers liegt. Nur gut 20 Meter von uns entfernt.

Kaum zu glauben, dass es ebenso so viele Stunden gedauert hat, bis wir von dort aus diesen zweiten Liegeplatz erreicht haben.

	Logbuch der Baltic Bird	
9. April....	Ios –Amorgos	Sana

Katapola. Der heutige Schlag nach Amorgos ist ohne besondere Vorkommnisse verlaufen. Am Nachmittag machen wir die Baltic Bird in der weitläufigen Bucht Katapolas längsseits fest. Heiners Vorschlag!

Christos hätte lieber vor Buganker gelegen. Er gibt wieder den Reiseführer und berichtet von dem Kloster Chozoviotissa, das wie ein Schwalbennest in 300m Höhe an dem Berg hängt. Von dort oben habe man einen tollen Ausblick. Da leben wohl nur noch eine Handvoll Mönche.

Christos ist wieder in den Ort gegangen, um Bekannte auf zu suchen. „Die arbeiten bei der Hafenverwaltung. Vielleicht können die mir ja was über die Red Pony sagen." Keine Ahnung, ob er sein Versprechen erfüllen will oder es nur als Ausrede benutzt.

Wir sitzen nun in der Taverne, die Lisa und Heiner vorgeschlagen haben. Die beiden waren auf Törns mit Willy schon mal hier eingekehrt und erkennen auch den Wirt wieder. Erwartungsgemäß ist das umgekehrt nicht der Fall.

Unerwartete Begegnung. Das Lokal ist zur Hälfte und überwiegend mit einheimischen Fischern gefüllt. Ein einzelner Mann, der allein am Tisch sitzt, fällt aus dem Rahmen.

Unter einem grau-weißen Lockenkopf mit der Körperhaltung des Denkers von Rodin starrt er, das Kinn auf seine Faust gestützt, düster vor sich hin.

"Der hat sein Gepäck dabei. Seht ihr, dass ist doch so eine Segeltasche. Heiner hat Willy genau so eine geschenkt!", stellt Manu fest.

Sie deutet mit dem Finger auf einen großen Plastikbeutel mit Tragegriffen neben seinem Stuhl.

"Stimmt!", pflichtet Lisa ihr bei, "die habe ich gesucht. Aber sie war nicht mehr da!" "Die ist jetzt sicher auf der ´Red Pony´", kommentiert Manu recht laut. Der Mann schaut zu uns herüber.

"Kann ich Ihnen helfen?", fragt er in unsere Richtung. Oha! Ein Deutscher? Manu reagiert, wie es von ihr zu erwarten ist und ohne uns zu fragen: "Sie sitzen da so allein. Wollen Sie sich nicht zu uns setzen?"

Der Mann wirft uns einen irritierten Blick zu. Bis auf Heiner, lächeln wir aufmunternd zurück. Er kommt tatsächlich zu uns herüber und stellt seine große Tasche neben einen freien Stuhl und setzt sich hin.

„Vielleicht sollten wir uns erst mal miteinander bekannt machen!", gebe ich mich höflich reserviert.

„Renee mit drei E", stellt er sich vor, "Renee Mühlengeber!" Wir nennen ihm unsere Vornamen.

Die Eisbrecherin. "Sie sind auch mit einer Yacht hier?" Manu schaut ihn an, als habe sie einen guten, alten Freund vor sich, der ihr besonders am Herzen liegt.

Renee: „Ich war zwar nur ein paar Tage dabei, habe aber mitbekommen, dass man sich beim Segeln duzt. Ist das okay?"

Manu nickt: "Wo Du das schon sagst. Ich will ja nicht neugierig sein, aber wie kommt es, dass Du hier allein sitzt mit deinem Gepäck. Das ist doch so eine Segeltasche?"

Renee lächelt verlegen. "Tja, das ist eine Geschichte, über die ich selbst noch nachdenke!" "Wir haben Zeit!", nickt sie ihm aufmunternd zu.

Anfangs ist er sehr zurückhaltend, was sie nicht daran hindert, drauf los zu fragen. Über griffig nennt man das wohl. Doch sie macht das so arglos Anteil nehmend, dass er es ihr nicht übel nimmt.

Es ist, wie beim Domino-Spiel. Jede Antwort von ihm zieht eine weitere Frage nach sich und mit jeder weiteren Frage werden seine Antworten interessanter. Aber nicht wie bei einem Verhör, sondern wie in einem Gespräch unter guten Freunden.

Ich überlege, ob man die unbefangene Art Manus zu fragen auch für die Polizei nutzen könnte.

Sie ist auf ihre Weise unglaublich. Oft muss sie gar nichts sagen. Wenn er zögert weiter zu reden, wird ihr Blick, ihre ganze Miene, zur reinsten Wahrheitsdroge.

Das Genesisprojekt. So erfahren wir nach und nach was ihn hierher verschlagen hat. Eine merkwürdige Geschichte.

Es ging um ein Projekt, das die regionalen Unterschiede nach dem anstehenden Klimakollaps modellieren sollte.

Renee hatte das Team bei den dafür erforderlichen Berechnungen unterstützt. „Eigentlich kannte ich den Kollegen und sein Forschungsprojekt nur flüchtig. Durch ihn habe ich eine sehr bemerkenswerte Frau kennengelernt, die mit ihm zusammenarbeitet. Und so habe ich mich auch mit dem Forschungsthema beschäftigt.

Manuela: „Klimakollaps?" Renee: „Ja, der ist wohl nicht mehr abzuwenden." „Wieso? Der Klimaschutz ist doch in beinahe allen Ländern ein zentrales Thema", hake ich nach.

Renee: „Die Menschen sind durch die Medien auf Konsum gedrillt. Dabei dient der nur dazu, die Reichen noch reicher zu machen und Geld regiert bekanntlich die Welt. Und selbst, wenn es in einigen Ländern vernünftige Arbeitsbedingungen und Auflagen gäbe, um Natur und die Umwelt zu schützen, bringt das nichts."

Ideologie. Die nachfolgende Diskussion rauscht weitgehend an mir vorbei. Es dauert. Jeder hat die Gelegenheit seine Meinung zu sagen, ohne unterbrochen oder gleich abgewürgt zu werden. Ich habe mir nicht alles merken können.

Die krassesten Positionen kamen von Renee. Zum Beispiel: „Die Marktwirtschaft ist global und da Menschen es billig haben wollen werden sich die skrupellosesten Länder, Systeme und Unternehmen durchsetzen und die anderen verdrängen. Das nennt man Freiheit und jede Kritik wird als kommunistische oder Sozialistische Zwangswirtschaft verteufelt. Dagegen prangert kaum jemand die Konsequenzen liberalisierten Märkte an."

Oder: „Wenn die Rendite die Politik bestimmt, muss sich alles andere unterordnen. Die Lebensbedingungen der Beschäftigten, geringe Löhne, unbezahlbare Mieten oder die Umwelt spielen keine Rolle mehr."

Renee: „Globalisierung, Rendite und freie Märkte folgen dem Heuschreckenprinzip. Jeder frisst so viel er kann, denn bald ist sowieso nichts mehr da."

Lisa: „In Deutschland und Europa wird das in den Medien doch auch thematisiert."

Renee: „Ja klar, aber mit so vielen Einzelfällen und scheinbar widersprüchlichen Details versehen, dass der normale Bürger den Wald vor lauter Bäumen nicht mehr sehen kann."

Kuckucksei. Mir reicht es allmählich. „Alles gut und schön. Aber weshalb bist Du jetzt hier?"

Er senkt den Kopf als müsse er selbst erst mal darüber nachdenken. Nur kurz, dann sprudelt es aus ihm heraus.

Als seine neue Bekannte ihm von ihrem letzten Segeltörns erzählte, hätte er beiläufig erwähnt, dass er auch einen Segelschein besaß. „Ein Fehler! Von da an gab es für sie kein anderes Thema mehr."

Obwohl er immer wieder darauf hinwies, dass seine Prüfung schon Jahre her und seit dem nur einmal bei einem Freund mit gesegelt war. Das änderte nichts an ihrer Schwärmerei für ihn als Skipper und sie sprach immer wieder von einem Törn, den sie mit ihm machen wollte.

Und dann sei es auf einmal sehr schnell gegangen. Vor ein paar Tagen hatte sie - ohne ihn zu fragen - eine Yacht gechartert.

Die Flüge nach Athen waren auch schon gebucht. „Lange Rede kurzer Sinn. Am Freitag habe ich den Vertrag unterschrieben und das Geld für die Charter und die Flüge überwiesen. In Athen gab es dann eine Überraschung nach der anderen." Er atmet tief durch, nimmt die Finger zur Hilfe und zählt auf.

Zuerst meldete sich seine Bekannte und teilte ihm mit, dass sie erst einige Tage später nachkommen könne. Aber er sollte schon mal los segeln. Ein paar alte Freunde von ihr wären ja bereits vor Ort.

Tatsächlich traf er an Bord des Charterbootes auf gleich drei fremde Männer, von denen zwei sich als gute alte Bekannte seiner neuen Flamme vorstellten.

Renee: „Der südländisch aussehende Typ war ein gemieteter Skipper. Die anderen beiden kommen aus Deutschland. Angeblich Brüder."

Er hebt die Schultern: „Sie sind sich aber kaum ähnlich? Ein Modelltyp und ein Rausschmeißer, wie er im Buche steht."

Ich werde hellhörig. „Hast Du mitbekommen, über was die geredet haben?"

Zögernd erklärt er uns, dass die beiden sich nur selten übers Segeln oder Themen unterhielten, an denen er sich beteiligen konnte. Sie wären auch jedes Mal verstummt, wenn er sich ihnen genähert habe.

Aus einigen Gesprächsfetzen reimte er zusammen, dass sie einen alten Bekannten treffen wollten. Andere Bemerkungen deuteten darauf hin, dass sie dem nicht gerade wohlgesonnen und auf der Suche nach ihm waren.

Er wirft erst Manuela, dann auch Lisa und mir besorgte Blicke zu. „Ich weiß ja nicht, worum es geht oder was ihr noch vorhabt."

Ich zucke die Achseln. „Ja und?" „Ihr solltet unbedingt darauf achten, wem ihr wann vertraut."

Lisa verzieht das Gesicht. „Klar, machen wir. Aber deshalb bist Du doch nicht hier?" Hmh? Besonders ernst nimmt sie seine Mahnung offenbar nicht.

Das hat er wohl auch bemerkt: „Das gilt für neue und alte Bekannte."

Er schiebt hinterher: „Vor allem Frauen sehen die Zeitdauer einer Bekanntschaft als sichere Währung an. Eine Art Sparbuch auf der das eingezahlte Vertrauen nicht nur gut angelegt ist, sondern durch Zinseszins noch weiter anwächst."

Gentleman' s Club. „Ja ja", wiederholt Lisa ungeduldig: „Und weshalb bist Du hier?" „Die Situation an Bord war für mich alles andere als angenehm. Ich habe den Törn abgebrochen und will jetzt nach Hause fliegen. Für die anderen habe ich ein Telefonat vorgeschoben, das mich sofort zurück in mein Institut beordert", antwortet er reserviert.

Diesmal spreche ich aus, was ich mich schon länger frage. "An Bord gab es also den einheimischen Skipper und zwei Männer aus Deutschland? Da kennst Du sicher auch ihre Namen. Hießen die vielleicht Karlow?" Renee: "Die Nachnamen weiß ich nicht. Der eine hieß Carlo, das war der schöne, der andere Rainer!"

Ich spüre einen Kloß im Hals. "Kann es sein, dass sie die Red Pony suchen?" "Möglich. Jedenfalls ein ziemlich bescheuerter Name für ein Schiff!" Er hebt die Schultern. "Mehr weiß ich nicht!"

"Professor. Es ist sehr wichtig für uns!" Manu sieht ihn zuckersüß an. Viel zu übertrieben, denke ich noch, da redet er schon weiter. „Es hat noch einen Streit gegeben. Zwischen diesem Rainer und jemandem am Telefon.

Es ging um den Vertrag zu irgendeinem Grundstückkauf." „In den Pyrenäen?", platze ich heraus. „Schon möglich. Wie kommst Du darauf?" Sein Misstrauen ist nicht zu überhören.

„Hattest Du den Eindruck, dass mit dem Vertrag etwas nicht stimmt?", hake ich nach. „Wie meinst Du das?" Er ist sichtlich irritiert. Ich riskiere es: „Na, zum Beispiel etwas Illegales?"

Renee: „Ein interessanter Gedanke. Ich habe nicht danach gefragt. Bemerkenswert, dass dieser Rainer mir trotzdem etwas dazu gesagt hat. Demnach ist der Kauf ist wohl von einem Verein getätigt worden, einer Art Gentleman's Club."

„Ach. Und worum ging der Streit?" Er hebt die Schultern: „Es war angeblich ein Büroversehen. Jedenfalls ist der Vertrag in falsche Hände geraten."

Hastig schiebt er hinter her: „Kann sein, dass dieser Carlo ein Paparazzi ist. Oder ein Erpresser. Prominenten Käufer zahlen ja manchmal viel Geld dafür, wenigsten im Ressort ihre Ruhe zu haben."

Unplausibel. Hmh? Dieser Renee sicher nicht blöd. Wenn jemand, wie er sich überhaupt wegen einer neuen Flamme auf so einen Törn einlässt, würde er ihn kaum abbrechen, kurz bevor sie zu ihm stößt. Nur, weil ihm der Rest der Crew nicht gefällt? Das sage ich ihm auch.

Er zieht seinen Kopf ein. „Okay. Du wirst mich wahrscheinlich auslachen. Aber ich habe plötzlich Schiss bekommen."

„Hier lacht keiner! Erzähl schon!", fordere ich ihn auf. Er senkt den Blick auf seine Hände und legt sie mit der Innenseite nach oben auf den Tisch. „Hmh? Wie wahrscheinlich ist es, dass eine attraktive Frau einen Mann, den sie erst kurze Zeit kennt, so massiv zu einem Segeltörn drängt? Und, dass sie so einen Törn bucht, aber dann nicht rechtzeitig anreist? Statt dessen treffe ich an Bord auf Bekannte von ihr, die mit mir segeln, aber nicht reden wollen?"

„Na ja, komisch ist das schon. Da Du sie aber erst kurze Zeit kennst, weißt Du nicht alles über ihren Bekanntenkreis oder was für ein Mensch sie ist", bleibe ich vorsichtig.

Renee: „Da war noch mehr. Ich habe an Bord ja kaum etwas mitbekommen, aber das was ich aufgeschnappt klang für mich bedrohlich. Auch mein Name fiel ein paar Mal. Und ein anderes Mal ging es um die Leute, die in dieser Gegend durch Segelunfälle umgekommen sind oder hier einfach verschollen sind."

Er neigt den Kopf zur Seite: „Ich weiß. Das alles muss nichts bedeuten. Trotzdem. Hättest Du denn keine Angst, wenn Du so etwas bei Leuten hörst, die Dich ansonsten völlig ausgrenzen?"

Das ist sicher richtig, aber: „Warum bist Du ausgerechnet hier von Bord gegangen?"

Renee nickt. „Nach los war die Stimmung noch angespannter als sonst. Keine Ahnung warum. Ich glaube, es ging um eine Frau, die ihnen gefährlich oder auf die Nerven gehen würde."

Visitenkarte. Also haben die Brüder mich auf los doch gesehen. Ich versuche mir den Schrecken nicht anmerken zu lassen: „Ist Dir sonst noch etwas aufgefallen oder kam Dir merkwürdig vor?"
Renee: "Na ja, einer hielt sich immer in der Nähe des Funkgeräts auf. Das war sehr laut eingestellt, als warteten sie auf einen Funkspruch! Keine Ahnung." Er zuckt mit den Schultern.
Hilfesuchend schaue ich Lisa an. Die neigt den Kopf zur Seite: „Na ja, eine Nachricht, die man über Funk abschickt kann auch jeder andere in der Gegend hören."
Ausgerechnet jetzt tritt der Wirt an unseren Tisch und zeigt auf Renee: „Your room is ready." Der nickt als hätte er nur darauf und wendet sich zu mir: „Ich muss dann mal."
Lisa kramt hektisch in ihrer Tasche und gibt ihm ihre Karte mit der Handynummer. „Ruf mich an, wenn Dir noch etwas einfällt."

Spekulationen. Wir haben unser Boot gerade erst betreten, als Lisa herausplatzt. "Die wissen also nicht, wo sich die Red Pony befindet. Genau wie wir." Ich setze ihren Gedanken fort. „Und sie verfolgen uns in der Hoffnung, dass wir sie zu ihnen führen?"

Noch etwas anders fällt mir ein: „Woher können die Karlows überhaupt wissen, das Willy und Karlheinz hier in dieser Gegend sind? Du hast doch selbst nur mit Mühe herausgefunden, wo unsere Männer sein könnten?"

Heiner hebt den Kopf: "Lisa. Hast Du nicht Deinen Freunden von dem Törn mit Willy erzählt? Wer war denn besonders daran interessiert, wo ihr gesegelt seid?"

Lisas Miene nach zu urteilen hat sie gerade ein Gespenst gesehen. Sie öffnet den Mund, schließt ihn wieder und legt die Stirn in Falten.

Heiner hat recht, da bin ich sicher. Lisas knallrotes Gesicht ist auch kein gutes Zeichen. Also ist Ablenkung gefragt: „Ist Euch das nicht aufgefallen? Dieser Professor, oder was der wirklich ist, hat uns verkohlt."

Sie hält inne und schaut mich erstaunt an. Okay. Wenn man erst mal etwas raus gehauen hat sollte man auch erklären können, wie man überhaupt darauf gekommen ist.

In diesem Fall fällt es mir nicht mal schwer: „Der ist niemals wegen einer Frau hier. Er hat ja nicht einmal ihren Namen genannt."

Lisa und Manu sehen mich ungläubig an. „Wie kommst Du denn darauf?" „Ja, mir kam das auch merkwürdig vor", meldet sich Heiner zu Wort, „ich glaube es hat mit Willy zu tun."

Manuela schüttelt den Kopf: „Wieso, der Name ist doch auch nicht gefallen." „Stimmt. Aber anders machen seine Aussagen keinen Sinn. Warum redet er von einem Forschungsprojekt oder über einen Grundstückkauf", lege ich nach.

Heiner: „Vielleicht hat das ja mit Willys Behörde zu tun. Mit dem Amt für Beschaffung!"

Lisa bleibt skeptisch. „Du meinst, er ist auch hinter ihm her?" Heiner schüttelt den Kopf. „Keine Ahnung. Aber mit den Karlows arbeitet er wohl nicht zusammen."

Manu kichert. Lisa seufzt: "Uns läuft die Zeit weg. Wenn wir nicht bald etwas unternehmen, erwischen sie die Red Pony noch vor uns!"

"Und was sollen wir machen? Ein Handy haben sie nicht mit, sonst hätten wir sie längst erreicht! Und funken geht auch nicht. Denk an Renee. Die Gangster warten ja nur darauf", gebe ich zu bedenken.

Mir fällt eine verdeckte Ermittlung ein, die ich mal mit Karlheinz durchgeführt habe. "Hast Du nicht irgendetwas mit Willy erlebt, von dem kein anderer weiß?"

Nach ´irgendetwas´ zu fragen ist erfahrungsgemäß nur selten zielführend. Und so gibt Lisa zunächst kaum etwas brauchbares von sich.

Ich will bereits aufgeben, da hellt sich ihre Miene auf. "Hmh? Wir haben in unserem ersten gemeinsamen Urlaub oft herum gealbert und uns später auch noch ein paar mal so gemailt. Er war der T800, also der erste Terminator, und ich war Smergol, dieser heruntergekommene Hobbit aus Herr der Ringe!"

Sie scheint selbst überrascht zu sein, dass ihr das eingefallen ist. Oder ist es ihr peinlich?

In der Tat recht albern. Hmh? Vielleicht lässt sich gerade deshalb etwas damit anfangen. "Wenn wir es richtig machen könnten wir doch eine codierte Botschaft funken!"

Lisa: "Aber die Karlows kennen unsere Stimmen, sie wüssten dann, dass wir es sind!" "Es muss ja keiner von euch machen, sondern jemand, den sie nicht kennen!" Heiner hat verstanden, um was es geht und will uns den Gefallen tun.

Schade, dass ich ihn enttäuschen muss. "Die wissen sicher, dass Du Willys Kumpel bist und bei uns an Bord."

Mein Blick fällt auf Manu, die gerade aus der Toilettenkabine kommt. "Was ist los?", fragt sie angeheitert, aber keinesfalls betrunken.

Ich erkläre ihr, um was es geht. Sie kichert. "Ihr seid ja völlig durchgeknallt!"

Lisa lässt sich nicht beirren. "Genau, das könnte funktionieren. Ich werde mir einen kurzen Text überlegen, den musst Du dann nur ablesen."

Ein paar Minuten später schaut Manu auf Lisas Zettel und schüttelt den Kopf. "Damit kann doch niemand etwas anfangen, T 800, Ring, Helmsklamm, Smergol? Wie sollen die denn darauf kommen, dass wir sie suchen oder warnen wollen?"

Lisa verzieht den Mund und kommandiert. "Mach es einfach!" Sie nimmt das Mikrophon aus der Halterung und hält es Manu vor die Nase.

Die drückt auf den Knopf, den Lisa ihr zeigt und verdreht die Augen : "Red Pony, Red Pony, this is the Baltic Bird!"

Logbuch der Red Pony
10. April....　　　　　Ios　　　　　Willy

Trockene Bezahlung. Am Abend sitzen wir an Deck, jeder mit einer Dose Mythos in der Hand und schauen aufs Wasser.

Karlheinz: "Gibt es bei einer Tauchaktion eigentlich immer so viele Zuschauer?" "Warum fragst Du?"

Karlheinz: "Mich wundert, dass der Taucher die zweihundert Euro erst nach seinem Tauchgang haben wollte!"

Otto verzieht das Gesicht. "Das wäre doch sonst nass geworden!" Karlheinz: "Da geht man doch das Risiko ein, dass es nach getaner Arbeit Streit um die Bezahlung gibt. Er hätte das Geld ja jemandem von hier zur Aufbewahrung geben können!"

Otto: "Er ist vielleicht gar nicht so beliebt, wie wir dachten! Oder er hat bei einigen Leuten Schulden!"

Karlheinz: "Durchaus denkbar. Er scheint bei den Männern nicht so einen guten Stand zu haben!" "Warum meinst Du das?"

Karlheinz: „Er hat zu mehreren von ihnen etwas gesagt. Wahrscheinlich nur lockere Sprüche. Aber bis auf den Inhaber der Mooring, der etwas von ihm wollte, hat niemand auch nur eine Miene verzogen!"

„Ist doch klar. Er ist eben ein Frauen- und kein Männertyp. Da hat man es schon mal schwer", grinst Otto so bedeutsam als habe er selbst schon mal darunter leiden müssen.

Nachgedanken. Hmh? Es ist langweilig, wenn alle der gleichen Meinung sind und so hänge ich meinen eigenen Gedanken nach; die an den unfreundlichen Besitzer der Mooring, die hilfsbereite Kellnerin und den coolen Taucher. Natürlich auch an den Fischer aus Bielefeld und seine Frau.

Warum hat Jorgos eigentlich so heftig auf Janny und Charisa reagiert, als sie mit ihrem hellblauen Kopftuch unter den Zuschauern stand?

Äther-Rauschen. Die lauten Störgeräusche und eine verzerrte Stimme aus dem Funkgerät schrecken uns auf.

Der übliche Funkverkehr von Frachtern mit Anfragen an die behördlichen Stellen oder von denen selbst mit irgendwelchen Hinweisen? Hmh? Diesmal klingt es nicht wie eine amtliche Durchsage.

Karlheinz bemerkt es als erster. "Seid mal still!" Er steckt seinen Kopf unter die Sprayhood in den Niedergang und horcht nach unten. Ein paar Sekunden später wendet er uns sein verblüfftes Gesicht zu. "Die meinen uns!"

Wir stellen die Bierdosen ab und gehen hinunter. Nun hören wir es trotz des starken Rauschen ganz deutlich. "Red Pony, Red Pony, this is the Baltic Bird, please call back?" Eine Frauenstimme! Sie kommt mir irgendwie bekannt vor. "Red Pony, Red Pony ..." Dann ist wieder nur das Rauschen zu hören.

Ich nehme das Sprechgerät in die Hand und drücke den einzigen Knopf. "Baltic Bird, Baltic Bird, this is the Red Pony, over."

Sekunden später wieder die Frauenstimme: "T800 goes with the Ring to Helmsklamm, this is Smergol, Roger?" Es knackt, dann Rauschen. Ich drücke erneut auf den Knopf. "Baltic Bird, Baltic Bird, we hear you!"

Statt einer Antwort ist nur das Knacken und Knirschen des Äthers zu hören und wird allmählich leiser. Schließlich hänge ich das Mikro wieder ein und gehe nachdenklich wieder nach oben an Deck.

Herr der Ringe. Otto: "Helmsklamm! Sagt Dir das was?" Ich nicke. "Das kommt vielleicht von Lisa." „Wieso denkst Du das?" „Na ja. Vor zehn Jahren haben wir in einem Urlaub aus Spaß so geredet. Aber was der Funkspruch zu bedeuten hat, kann ich auch nicht sagen!", sinniere ich.

"Also Lisa weiß, wo wir sind, zumindest so ungefähr, kennt auch den Namen unseres Schiffes! Aber..." Karlheinz unterbricht sich. "Wie weit reicht denn so ein Funkgerät üblicherweise?" "Etwa dreißig Seemeilen! Worauf willst Du hinaus?"

Karlheinz: "Sie weiß, wo wir sind oder sucht nach uns! Sie ist in der Nähe. Aber das war nicht Lisa, die gesprochen hat, oder?"

Gute Frage. So lange ich für Lisa erreichbar war hat sie sich nicht gemeldet. Zwei Monate lang! Und ausgerechnet jetzt, wo ich meine Ruhe haben will, sollte sie nach mir suchen?

Steckt wirklich sie hinter dem Funkspruch? Es ist ja auch nicht ihre Stimme gewesen. Hat sie jemandem von unserer lange zurückliegenden Kinderei erzählt? Jemandem, der ein Interesse daran haben könnte, mich zu finden?

Karlheinz: "Hmh? Warum sollte Lisa uns die Botschaft schicken, dass sie unser Schiff kennt und weiß, wohin wir wollen? Warum ruft sie uns nicht selbst an? Was soll das mit dem Ring? Warum codiert sie ihre Botschaft?"

Ja, das ist seltsam. Nicht nur das: „Warum wurde die Botschaft nur einmal gesendet und nicht auf eine Antwort gewartet? Haben die Sorge, dass wir Fragen stellen und ihnen auf die Schliche kommen könnten?"

Karlheinz: "Keine Ahnung, wenn Lisa nicht selbst gesprochen hat, dann will sie vielleicht nicht erkannt werden!" Auf meinen skeptischen Blick hin schiebt er nach: "Na, von uns schon, da die Code-Namen ja für Willy gewählt wurden!"

Otto: „Wenn sie es vor anderen geheim halten will, müsste noch jemand anderer hier in der Gegend sein. Vielleicht war es ein Fehler, dass Willy ans Funkgerät gegangen ist!"

Karlheinz: "Kann sein. Aber es war ja nur kurz. Ein zweites Mal solltest Du es lieber nicht machen!"

	Logbuch der Baltic Bird	
10. April....	Amorgos - Levitha	Sana

Ein anderes Boot. Christos steht entspannt am Ruder. Die Segel hat er dicht geholt, so dass die Baltic Bird nach backbord krängt. Inzwischen macht mir das keine Angst mehr.

Wir haben heute Morgen bereits um 8 Uhr abgelegt und sind nun seit fast einer Stunde unterwegs. Es geht nach Westen.

Später wollen wir auf einen südlichen Kurs gehen und wenn das Ende von Amorgos passiert ist auf Südost, um nach Astypalaia zu kommen. Aber soweit sind wir noch nicht. Wir umfahren erst einmal weiträumig die Insel oberhalb der Kalotari-Bucht.

"Da ist einer hinter uns!", reißt Manu mich aus den Gedanken, "der kommt uns immer näher!" Tatsächlich segelt eine andere Yacht langsam aber sicher auf uns zu. Sie liegt noch eine halbe Seemeile zurück.

"Mal sehen, wer das ist", fährt Manu fort, "vielleicht können wir die ja nach der Red Pony fragen?"

Ich habe ein ungutes Gefühl. "Ich weiß nicht. Vielleicht sollten wir nicht auf sie warten. Was, wenn das Carlo und Rainer sind, die unseren Funkspruch gehört haben?"

"Dann wollen sie wissen, wer wir sind. Oder sie wissen es schon und hoffen, dass wir sie zur Red Pony führen!", beendet Lisa den Gedanken.

"Oder schlimmeres!", sage ich. Wenn sie uns auf los bemerkt haben wollen sie wohl erst einmal die lästigen Zeugen ihrer Tat beseitigen.

"Das müssen wir unbedingt vermeiden. Aber wie? Die sind viel schneller!" Ich versuche mir meine Unruhe nicht anmerken zu lassen.

Heiner's Ritual. Lisa wirft mir einen kurzen Blick zu. Sie wendet sich an Christos: "Lass bitte den Heiner mal ans Ruder!"

Der blickt überrascht auf. Ist beleidigt! Sieht Heiner an, der keine Miene verzieht. Christos nickt. "Dann komm auch!"

"Eine Minute!" Heiner wirft Lisa einen verschwörerischen Blick zu. Er stellt sich auf die höher liegende Bank der Backskiste und hält sich wegen der Krängung an der Seitenstag fest.

Zuerst sieht er nach vorne, auf die Genua, aufs Wasser, auf den Verklicker, dann direkt in Fahrtrichtung. Zwischendurch schließt er ein paar Mal die Augen.

Er schaut auf die Küstenlinie, die dagegen anrollenden Wellen, hinauf auf die hohen Berge, schließlich etwas länger in den Himmel und verfolgt den Weg der Wolken.

Manu regt sich auf: „Was soll das denn? Wir haben es doch eilig!" Sie sieht Heiner vorwurfsvoll an.

Lisa legt den Finger auf ihre Lippen und hebt dann einen Arm hoch. "Pst!" Alle bis auf Heiner sehen sie fragend an.

Ich ahne, das er hier eine kleine Show abzieht, um uns Mut zu machen. Lisas Miene ist ernst. Ihre Worte klingen beinahe feierlich. "Heiner liest den Wind!" Dabei macht sie nach jedem Wort eine kleine Pause. Doch keine Show? "Er kann den Wind riechen!", hat Willy mal über ihn gesagt.

Wir hören ihr andächtig zu. Gläubige, die ihren Priester im lautlosen Gespräch mit dem Gott des Windes sehen. Nur der heidnische Christos verdreht die Augen.

Segelstellung. Endlich geht Heiner ans Ruder. Er gibt knappe Anweisungen für deren genaue Umsetzung Lisa sorgt. Erst lässt er die Segel deutlich fieren, um sie dann millimeterweise wieder dichter holen zu lassen.

Erst nach zehn Minuten, in denen die Großschot und die Fockschot mehrmals ein wenig rausgelassen oder dichter geholt wurden, ist er zufrieden. Christos beteiligt sich an der Fisselei.

Heiner fragt ihn: "Haben wir eigentlich einen Spinnaker, Blister oder so was an Bord?" Der Grieche grinst. "Charterboot!" Heiner nickt, sieht weiter konzentriert nach vorn.

Die ganze Zeit über hat keiner von uns nach hinten geschaut. Wie auf Kommando drehen wir uns um. Das hinter uns segelnde Schiff ist nicht weiter herangekommen. "Der ist sogar ein Stück zurückgefallen!", ruft Manu erleichtert.

Wir haben nun oberhalb der Insel die Position erreicht, um auf Südkurs zu gehen. Heiner ändert den Kurs, aber nur auf Südwest und bittet Christos, die Segel entsprechend zu fieren. Der Wind kommt nun mehr von der Seite. Wir haben fast halben Wind. Aus Nordnordwest.

Zweimal lässt Heiner noch die Segelstellung korrigieren, bis er zufrieden ist. Unser Verfolger ist inzwischen nicht mehr näher gekommen, scheint aber den Abstand zu halten. Er schlägt den gleichen Kurs ein, wie die Baltic Bird.

Verrückter Kurs. Lisa ist zunächst einmal zufrieden, dass das andere Boot nicht näher kommt. Da sie mir gestern den weiteren Verlauf des Törns erklärt hat, teile ich ihren Optimismus nicht so ganz. "Wenn wir auch einen Vorsprung herausholen, spätestens auf Astypalaia werden die uns finden. Da wollen wir doch hin?", sage ich.

Sie grübelt laut: "Dann sollten wir besser nach Levitha fahren!" Ich sehe sie und Heiner an. "Das würde doch nur etwas bringen, wenn die das nicht mitbekommen und uns nicht verfolgen können. Sonst sind wir zwar auf, wie heißt das noch - habe ich nie von gehört - auf jeden Fall woanders. Aber dann kriegen sie uns eben da!"

"Wenn wir so um Amorgos herum fahren und dann nach Levitha, hält uns sowieso jeder für verrückt!", grummelt Heiner.

"Also nicht dahin?", frage ich. "Ja, das wäre doch auch völliger Schwachsinn!", antwortet Lisa. Heiner nickt. Ich verstehe überhaupt nichts mehr.

Diesig. Lisa: „Bis zu welcher Entfernung können die uns eigentlich sehen?" Heiner schaut noch mal zur Insel zurück. "Also der Berggipfel müsste etwa vier Seemeilen entfernt sein. Da es diesig ist, kann man seine Umrisse gerade noch erkennen. Ich denke, die Sicht beträgt maximal fünf Seemeilen!"

Christos nickt. "Ja, 5 Seemeilen, schätze ich auch. Soviel Vorsprung können wir niemals heraus segeln. Das schafft nicht mal der Gewinner des Admirals Cups."

Er zieht eine Grimasse. „Im Gegenteil. Wenn die hinter uns sauberer segeln, dann holen die uns ein. Das ist eine Benetton. Die ist leichter als unsere Baltic. Die hat einen sehr tiefen und langen Kiel, d.h. bei jedem Kurs, jedem Wetter, ob Flaute oder Sturm sind die schneller als wir. Das ist eine Rennziege!"

Lisa holt tief Luft und sieht uns an. Ich bin ernsthaft besorgt. Was machen wir nun? Manu schaut unsicher zu Christos.

Und dann bin ich wirklich stolz darauf, eine Freundin wie Lisa zu haben. Sie blitzt den Griechen trotzig an: "Rennziege hin oder Flugesel her, wir haben Heiner!"

Natürlich ist das Schwachsinn! Aber so, und nicht anders, muss Hannibal seine Elefanten über die Alpen motiviert haben.

Heiner verliert für einen Moment jeden Ausdruck aus seinem Gesicht. Nach kurzem Zögern nickt er. Zwinkert Lisa und mir mit einem Auge zu. "Okay, dann eben Regatta!"

Butterfly. Er fährt den Kurs, der nach Santorini führt, noch dreißig Minuten lang weiter. Unser Verfolger scheint wieder ein wenig näher zu kommen. Lisa flüstert Heiner etwas ins Ohr.

Christos setzt zu einer Frage an: "Und was soll das? Das..." Er wird von Lisa unterbrochen: "Nicht mehr fragen, Heiner weiß, was er tut!" Der wiegt bedenklich den Kopf. Dann kündigt er eine Halse an und geht mit dem Heck durch den Wind.

Christos und Lisa bringen die Segel schnell und reibungslos auf die andere Seite des Schiffes. Nun geht es also Richtung Astypalaia. Unser Verfolger ändert ebenfalls den Kurs auf Südost, verliert etwas Zeit. Sie mussten reagieren und die Halse klappte nicht so reibungslos. Die haben sicher mehr als hundert Meter verloren.

Nun ist aber klar, dass das andere Boot uns tatsächlich verfolgt. Der Wind kommt genau von hinten. Heiner bittet Christos, die Genua auf die andere Seite zu holen.

Wir segeln nun mit weit aufgefierten Segeln ´Butterfly´, haben das Vorsegel auf die dem Großsegel gegenüber gelegene Seite geholt. Wie ein Schmetterling mit leicht versetzten Flügeln.

Mir kommt es so vor, als wären wir auf einmal viel langsamer geworden. Aber das täuscht wohl, denn unser Verfolger fällt zurück. Erst als er ebenfalls ´Butterfly´ segelt vergrößert sich der Abstand von rund einem Kilometer nicht weiter. Er scheint sogar wieder näher heranzukommen.

Lisa flüstert in Heiners Ohr. Der nickt. Die Crew und ich blicken wie gebannt auf die beiden und dann zurück auf das Boot, das uns verfolgt.

Der Vorsprung des Verfolgers. Heiner ändert wieder den Kurs, diesmal auf Ost. Er will wohl nicht zu weit westlich kommen und an Astypalia vorbei fahren.

Das Vorsegel muss zurück auf die gleiche Seite wie das Groß. Christos passt von sich aus die Segelstellung dem neuen Kurs an.

Anfangs hat er ein wenig genervt auf Heiners Kursänderungen reagiert. Inzwischen scheint er neugierig zu sein, wo das ganze hinführen soll. Auch wir anderen sind gespannt auf den Ausgang dieser ´Regatta´.

Manu und ich sehen abwechselnd Heiner und Lisa an. Ich ahne, was Heiner vor hat, bleibe aber skeptisch.

Unser Verfolger bleibt auf dem ursprünglichen Kurs. Das macht Sinn, denn mit dem Butterfly sind sie schneller, und je später sie auf Kurs Ost gehen um nach Astypalaia zu kommen, desto eher werden sie am Ziel sein.

Sie könnten sogar schon vorher auf Ostkurs gehen, um die Baltic Bird weit vor Astypalaia abzufangen. Zumindest hat Lisa mir das so erklärt. Meine Fragerei nervt sie inzwischen.

Das andere Boot ist nach ihrer Schätzung bereits mehr als zwei Seemeilen weiter südlich als wir; und wäre, wenn es auf Ostkurs wechselt, etwa 10 Seemeilen südlich von Amorgos genau zeitgleich an der Stelle, an der sich dann auch die Baltic Bird befinden würde. Denn es ist ja klar, dass wir wieder auf Südkurs gehen müssen.

Stattdessen geht Heiner sogar auf OstNordOst-Kurs und lässt die Segel dichter holen.

Christos schüttelt den Kopf: „Die haben schon drei Seemeilen Vorsprung."

Hmh? Segeln ist vermutlich die einzige Sportart bei der jemand hinter uns liegen und gleichzeitig einen deutlichen Vorsprung haben kann.

Verkalkuliert. Ich erwarte jede Sekunde, dass wir den Kurs in Richtung Süden wechseln, wieder Richtung Astypalaia fahren.

Tatsächlich geht Heiner zehn Minuten später wieder auf Südost-Kurs. Das andere Boot hält den Butterfly-Kurs bei. Sie sind nun fast vier Seemeilen südlicher als die Baltic Bird und können gleich auf Ostkurs gehen. Dann fangen sie uns schon gut zehn Seemeilen vor dem Südkap von Astypalaia ab.

Heiner geht zurück auf den Ost-Kurs. Unsere Verfolger haben bereits die Position erreicht, von der aus sie die Baltic Bird abfangen können.

Tatsächlich ändern sie ihren Kurs und segeln nun ebenfalls in Richtung Ost. Nun sind sie auch langsamer. Und wir werden schneller sein, wenn wir wieder auf Südkurs gehen.

Aber was soll das nützen? Bei dem Vorsprung den sie haben! Heiner hat sich gründlich verkalkuliert. Verdammter Mist. Jetzt werden die uns auf hoher See erwischen.

Vermutlich sind sie bewaffnet. Zeugen wird es wohl nicht geben. Und wir? Ein paar Leute mehr, die durch einen tragischen Segelunfall ums Leben kommen oder verschollen sind.

Irritiert sehe ich das leichte Grinsen bei Heiner und Lisas triumphierenden Blick. Was ist denn mit denen los? Ich schaue zurück.

Der Abstand beträgt jetzt etwa vier Seemeilen. Die Umrisse der anderen Yacht sind zwar schwach, aber eindeutig zu erkennen. Also gilt das umgekehrt auch.

Karabinerhaken. Der Wind hat inzwischen aufgefrischt und kommt aus Nord. Es wird kälter. Zum ersten Mal bin ich froh, dass ich den dicken, harten Segelanzug anhabe. Mein Gesicht habe ich bis unter die Augen hinter dem hohen, steifen Kragen versteckt.

Ich fühle mich wie ein Ritter in seiner schweren Rüstung. Nur, dass diese Rüstung nicht Pfeile und Schwerter abwehrt, sondern den gnadenlosen Wind und die spritzenden Wellen.

Die Baltic Bird fährt noch Richtung Ost, also einen Halbwindkurs. Der Wind ist so stark, dass das Unterliek der Fock auf der Leeseite durchs Wasser pflügt.

Ich glaube nicht, dass Heiner absichtlich Schlangenlinien fährt. Er steuert immer wieder verbissen gegen die Wellen, kann aber den Kurs nicht halten! Unsere Verfolger scheinen wieder näher zu kommen.

Heiner brüllt gegen den Sturm an: "Lifebelts in die Ösen oder an die Stag. Sofort!"

Drei Karabinerhaken rasten fast gleichzeitig ein. Ich sehe mich um. Zwischen mir und dem nächsten Stahlbügel unter dem Sitz hält sich Manu krampfhaft fest.

"Sana, Seitenstag!", donnert es vom Ruder. Hektisch sehe ich zur Seite. Da ist das Stahlseil. Klack. Heiner nickt mir zu.

Schlingerkurs. "Ich glaube, die holen uns ein!", ruft Manu erschrocken. Sie blickt nach hinten. Tatsächlich ist der Umriss wieder deutlicher zu sehen.

Die Crew der Baltic Bird schaut auf Heiner. Der bemerkt das aber nicht, weil er am Ruder zu kämpfen hat, um den Kurs auch nur so einigermaßen zu halten.

Der Horizont wandert vor dem Bug hin und her. Wir weichen vom Kurs in beide Richtungen mindestens 40 Grad ab. Das Schiff schlingert rauf und runter.

Die Wellen sind meterhoch. Das Wasser rauscht über das Deck in den tiefer liegenden Teil des Cockpits. Läuft über das Heck wieder ab.

Ich schaue zur höheren Seite. Muss den Kopf in den Nacken legen, um die Oberkante der Welle zu sehen. Mindestens vier Meter. Ich bin erstaunt, dass nicht Schlimmeres passiert.

Die Welle senkt sich artig unter unser Schiff und hebt uns hoch. Ich drehe meinen Kopf herum. Das Wellental in das ich schaue ist bestimmt sechs Meter tief.

Fahrstuhl fahren. Der Wind dröhnt lauter als jedes Düsentriebwerk beim Start. Auf den Wellenbergen habe ich das Gefühl, das wir gleich abheben werden. Im nächsten Moment reißt es uns herunter ins Wellental. Wir drohen in der Tiefe des Meeres zu verschwinden. Mein Magen fährt Fahrstuhl. Will aus meinem Mund heraus.

Auf einmal ist Heiner weg. Meine Angst ist da. Riesengroß. Sie zerreißt mich fast. Hätte ich doch dieses Schiff nie betreten. So sieht also unser Ende aus. Nass und finster zerschneidet mich der eiskalte Wind. Heiner, den Segler, gibt es nicht mehr. Da wo er saß, ist nur noch Wasser, die Welle hat ihn verschluckt.

Keine Hoffnung. Nur noch Angst und tiefe Verzweiflung. Die nächste Woge schwappt über das Schiff. Läuft wieder ab.

Aber da? Das ist doch nicht möglich! Da sitzt Heiner. Seine Arme halten immer noch das Steuerrad. Ein Felsen in der Brandung von dem das Wasser herunter läuft.

Mit unbewegter Miene schaut er nach vorn, sieht mich nur aus den Augenwinkeln an. Jetzt verstehe ich, was Willy über ihn gesagt hat. "Der ist ein Salzbuckel!" Ich kann es nicht glauben. Der unverschämte Salzbuckel lacht.

Lisas Reff. "Scheiße!", flucht unser griechischer Skipper, "ich hab es doch gesagt, die holen auf!" Das hört bei dem Wind und den Wellen außer mir nur Lisa, die direkt neben ihm sitzt.

"Christos?", brüllt Heiner. Der rutscht auf der Backskiste zu ihm hin, um ihn besser hören zu können.

"Hol die Genua zur Hälfte herein!" Der Grieche nickt. Das ist angeblich bei einer Rollfock kein Problem und kann aus dem Cockpit heraus gemacht werden. Selbst der Druck auf dem Segel spielt kein Rolle. Eine Minute später ist die Genua nur noch halb so groß.

"Christos!", brüllt Heiner schon wieder. Der kommt wieder auf Hörweite heran. "Wenn ich das Schiff in den Wind drehe, wie lange brauchst Du beim Groß für das erste Reff?" "Bist Du wahnsinnig?", brüllt der Grieche zurück, "Wie soll das denn gehen?"

Lisa ist zu den beiden herübergerutscht und bekommt das mit. Heiner wiederholt seine Frage: "Wie lange brauchst Du, ohne das Gereffte einzupacken?"

Lisa fasst Christos am Arm und schreit ihn an. "Wie lange brauchst Du? Ich helfe mit!".

Der Grieche schaut sie vorwurfsvoll an. "Siehst Du nicht, dass keine Reffleine in der Klemme unter der Sprayhood ist. Willst Du wie bei einer kleinen Jolle reffen?"

Sie ist für einen Moment verwirrt. Wirft Christos einen wütenden Blick zu. "Wohl doch nicht alles in Ordnung mit dem Schiff?" Sie sieht Heiner hilfesuchend an. Der nickt nur.

"Ja, dann machen wir das wie bei einer Jolle. Also, wie lange brauchst Du?", schreit sie mit hoher Stimme.

Christos Miene wird finster: "Das schaffe ich in einer Minute, wenn wir solange im Wind stehen. Nur dann kriege ich das Segel überhaupt runter!"

"Die anderen sind schon wieder näher gekommen!", ruft Manu aufgeregt.

Heiner bückt sich, wirft den Motor an. Der Grieche schnauzt ihn an. "Spinnst Du. Mach den Motor aus, der verreckt, wenn er bei den Wellen Luft ansaugt!" Heiner: "Nur ein paar Minuten, sonst kriegst Du das Segel nicht runter!"

Lisas Stimme ist laut und schrill: "Christos, Du machst das jetzt!" Ich sehe ungläubig in ihr Gesicht.

Ihre Augen? Ich bin sicher, mit diesem Blick könnte sie auch Diamanten schneiden.

Der Grieche wendet sich von ihr ab. "Okay! Ich versuche es!" Heiner: „Du, Christos nach vorn, Du, Lisa hinten!".

Er wartet bis die beiden gesichert sind und mit dem Lifebelt auf allen Vieren ihre Postion erreicht haben. Christos hat zwei Sicherungsleinen für das Livebelt in der dreieckigen Öse mit nach vorn genommen. Eins davon wickelt er um den Mast.

Er fliegt von den Wellen noch hin und her, aber nur ein paar Zentimeter. Er ist durch seine Zweipunkt-Sicherung stabil. Lisa und Heiner nicken anerkennend.

"Achtung, jetzt!" Heiner dreht den Bug in den Wind. Die Segel knattern ohrenbetäubend, wie eine endlose Salve von Kanonenschüssen. Zusammen mit den Wellen nimmt das laute Knallen mir das letzte bisschen Mut. Das ist unser Weltuntergang. Es kann nicht anders sein. Meine Panik schaut auf Heiner. Der dreht das Ruder hin und her.

Ich suche Lisa. Die stützt sich auf ihrem Sitzplatz ab. Ihr Lächeln ist aus grünem Holz geschnitzt.

Wir halten uns krampfhaft fest. Der Bug bewegt sich mehrere Meter mit den Wellen auf und ab.

Christos hat die Fallen gelöst und reißt verbissen das Segel herunter. Glücklicherweise verkeilt sich keiner der Mastrutscher. Nach drei Zügen ist die erste Refföse vor dem Haken.

Obwohl das flatternde Segel ihm fast aus der Hand gerissen wird, schafft er es den Karabinerhaken einzuklinken.

Hinten hat Lisa, parallel zu Christos, die Reffleine über die freie Winch heruntergezogen, die durch die Öse der Heckklampe geht. Sie ist nur einfach durch ihr Livebelt gesichert und fliegt im Cockpit hin und her.

Bevor sie mehr als blaue Flecken bekommt, rutscht auch Manu auf der Backskiste nach hinten. Zusammen halten wir sie fest und verhindern so, dass sie weiter herumgeschleudert wird.

Um die Reffleine festzuknoten, muss Lisa sie von der Winch nehmen. Das geht aber nicht. Den Druck kann sie nicht halten. Da taucht schon Christos neben ihr auf, zieht eine zweite kurze Leine durch die Reff-Öse und stemmt sich mit aller Kraft dagegen und belegt sie an der anderen Klampe im Heck. Jetzt ist der Druck von der Winchleine weg.

Lisa nimmt sie ab und verknotet sie in dem Ring am Ende des Baums. "Fertig!", brüllt sie und setzt sich wieder hin. Christos löst seine Leine wieder ab und setzt sich auf die Backskiste.

Zurück auf Kurs. Wir schauen Heiner an. Der dreht das Schiff auf den alten Ostkurs zurück und macht den Motor aus. Das unter dem Baum herunterhängende Stück Segel, flattert hektisch.

Heiner kann nun den Kurs wieder einigermaßen halten, das Schiff krängt deutlich weniger.

Wieder brüllt er: "Christos, hol die Genua wieder weiter heraus, bis auf ein Viertel!" Das erledigt der sitzend vom Cockpit aus, zieht in kleinen Etappen mit der Schot die Fock heraus und fummelt sie vorsichtig um die Winch.

Immer wieder schaut er dabei Heiner an. Schließlich nickt der zufrieden. Christos belegt wieder um die Winch und schießt die übrige Leine und die Schot auf. Dann lehnt er sich zurück und ringt nach Atem.

Wir sehen uns schweigend an. Ich freue mich, das wir noch da sind. Alle! Ich schaue zu Heiner, der das Ruder hin und her dreht, als rühre er das Wasser um.

Zeitgefühl. Der Wind zieht die Sekunden und Minuten so in die Länge, dass sie kaum vergehen. Nach einer Stunde, die Tage dauert, höre ich Manu rufen. "Die sind wieder zurückgefallen, und wie!" Ach ja, unsere Verfolger. Die habe ich völlig vergessen.

Alle, außer Heiner, drehen sich um. Hmh?. Das andere Schiff ist nur noch schemenhaft ausmachen.

Zu meiner Überraschung wechselt Heiner in diesem Augenblick wieder auf einen Südkurs. Natürlich wird unser Verfolger noch den blassen Umriss der Baltic Bird mit Kurs auf Astypalaia sehen.

Heiner ändert in kleinen Schritten den Kurs in Richtung Südost, bis wir schließlich das andere Schiff selbst mit dem Feldstecher nicht mehr ausmachen können.

Hase oder Igel. Also müssten wir eigentlich auch für unsere Verfolger verschwunden sein. Manu lacht über ihr ganzes, bleiches Gesicht. „Die sind weg. Wir haben sie abgehängt!" Sie strahlt Heiner an. Der grinst nur und kneift ein Auge zu.

"Die hast du so was von reingelegt, Haken geschlagen wie ein Hase, echt gut, alle Achtung!", ruft der Grieche, steht auf und will Heiner anerkennend auf die Schulter klopfen. Eine hohe Welle schleudert ihn zurück auf seinen Platz. Wir applaudieren johlend.

Heiner nimmt Kurs auf Levitha, also Nordost. Dann bittet er Christos die Segel dicht zu holen und ihn abzulösen. Der lässt sich nicht lange bitten und nimmt den Platz am Ruder ein.

Heiner schnappt sich eine Dose Mythos, die Lisa für ihn schon bereitgestellt hat und nimmt einen großen Schluck.

Ein paar Minuten später grinst er: "Merkt ihr was? Der Wind hat wieder zurückgedreht und ist abgeflaut!"

"Willy hat wirklich nicht übertrieben!" Lisa lacht ihn an. Wir umarmen Heiner so fest, dass ihm Angst und bange wird. Auch Manu drängelt regelrecht, um dran zu kommen.

Good Shelter. Lisa hält mir die eingeschweißte Seekarte vor die Nase und tippt mit dem Finger darauf. „Unsere Verfolger müssen nun denken, das wir in Richtung Astypalaia unterwegs sind und dort in die Bucht Porto Vathy im Norden fahren."

Sie grinst: „Oder sie glauben, dass wir um das Nordost-Ende der Insel segeln und uns einen Ankerplatz im Ormos Vryssi oder Maltezama suchen."

Der Grieche sieht erst Heiner an, dann in die Richtung, wo man unsere Verfolger erwarten müsste und schüttelt ungläubig den Kopf. "Darauf hätte ich auch selbst kommen können. Deine Idee?", fragt er Lisa. Die zeigt mit dem Kinn auf Heiner.

Unser Regatta-Segler sitzt auf der Backskiste, stellt sein Bier neben sich und schießt die Fockschot auf. Die wuselte bei dem Amwindkurs in ihrer vollen Länge auf dem Boden des Cockpits herum und kam unserem ´Helden des Tages´ im Augenblick sicher gerade recht.

Etwas anderes fällt mir ein. "Was erwartet uns denn auf dieser kleinen Insel? Sind wir da nicht zu weit weg von einem möglichen Treffen mit der Red Pony. Wir gehen doch davon aus, dass die über Astypalaia fahren?"

Lisa: „Levitha ist eine kleine Insel, mit einer sehr geschützten Bucht und Bojen, an denen man festmachen kann. Da lebt nur eine Bauernfamilie. Ansonsten ist die Insel unbewohnt!"

Nachdenklich und deutlich leiser fährt sie fort: "Wir sind da schon etwa genau so nah an Kos, wie an Astypalaia! Kann sogar sein, dass Willy da ist! Er meinte, man läge dort so geschützt, dass die Insel eigentlich good shelter heißen müsste."

Logbuch der Red Pony		
11. April....	Ios - Iraklea	Karlheinz

Alte Säcke. Otto ist noch im Ort, um einige Besorgungen zu machen. Er hätte längst wieder zurück sein müssen. Schließlich wollen wir in einer halben Stunde auslaufen.

Willy überlegt bereits ins Dorf zu gehen und nach ihm zu sehen. Ich stehe am Bug und mache schon mal die Leinen klar.

Da. Endlich taucht Otto auf; schwer bepackt am Kai mit einigen Plastiktüten aus dem Supermarkt. Er ist nicht allein. An seiner Seite steht ein junges Mädchen mit blonden, glatten langen Haaren.

Sie ist natürlich hübsch. Ihr Gesicht und die Spuren des jugendlichen Alters sind nicht durch die übliche Maske aus Make-up zu einem austauschbaren Abziehbild verunstaltet. Ich weiß. Nur die Ansicht eines alten Mannes.

Erst jetzt sehe ich, dass ihre Augen gerötet sind und drum herum alles ein bisschen verquollen ist. Ihre Arme hängen so lustlos herunter, als wollten sie mit diesem Körper nichts mehr zu tun haben.

"Das ist Jenny!", stellt Otto sie vor und zu ihr gewandt, "das sind Willy und Karlheinz!" Ihrer Miene nach zu urteilen, nimmt sie unsere Gegenwart nur widerwillig in Kauf. Jedenfalls schaut uns herausfordernd und ein wenig mitleidig an.

So als müssten wir Opas froh sein, dass sie uns überhaupt zur Kenntnis nimmt.

Otto schüttelt den Kopf. "Komm mit!" Er klettert über die Reling an Bord, reicht ihr die Hand und verschwindet mit ihr unter Deck. Willy setzt sich auf die Backskiste und sieht mich unschlüssig an.

Otto ist schnell wieder da und nimmt neben mir Platz. "Ich habe sie völlig aufgelöst auf einer Bank vor dem Supermarkt gefunden und gefragt, ob alles in Ordnung wäre!" Er zuckt die Schultern. "Hmh? Hätte ich vielleicht nicht machen sollen." "Schon okay!", nickt Willy ihm zu.

"Ich habe sie in die kleine Seitenkabine gebracht, damit sie sich etwas hinlegen kann!" Er erklärt uns auch warum. Na ja, der Klassiker. Jenny ist nach dem Abitur mit ihrem deutschen Freund hierher in Urlaub gefahren.

Nach einem Streit, weil der sich mehr um andere Mädchen als um sie kümmert, will sie nach Hause zurück. Sie muss aber auf eine Fähre warten, die erst am nächsten Tag fährt. Sie kommt mit einem jungen Griechen ins Gespräch, der ihr zuredet, doch lieber den ganzen Sommer hier zu verbringen. Er stellte ihr wohl sogar einen Job in Aussicht. Willy: „Hast Du den Typen gesehen?" Otto verzieht das Gesicht: "Nur kurz, er wollte noch was erledigen. So ein´ Costa Cordalis Typ´ um die dreißig!" Willy: „Und warum hast Du sie aufs Boot gebracht?"

Otto: „Tja, sie wissen, dass wir nach Amorgos wollen und sie meinte, Iraklia läge auf dem Weg, da könnten wird die beiden doch schnell absetzen!"

Willy: „Iraklia? Da ist doch der Hund begraben. Da fährt doch kein junges Mädchen freiwillig hin." Er unterbricht sich und deutet mit dem Kinn zum Ufer: „Ist er das?"

Tatsächlich steht nun eine Art ´Costa Cordalis´ vor unserem Boot. „Nicos", stellt er sich vor und betont, dass Iraklia ja direkt auf unserem Weg liege.

Alterssicherung. Ein paar Minuten später legen wir ab. Das funktioniert, wie alles andere inzwischen ganz gut. Weniger Alkohol und mehr Routine.

Unterwegs fühlt Willy dem jungen Griechen vorsichtig auf den Zahn. Na ja, er versucht es wenigstens. Doch mehr, als dass er Jenny einen Job in der Gastronomie besorgen wird, ist ihm nicht zu entlocken.

Jenny gibt sich uns gegenüber weiterhin desinteressiert und überheblich. Ihre Unsicherheit ist mit den Händen zu greifen.

Um unseren Blicken zu entgehen, klettert sie aus dem Cockpit und geht zum Bug. Immerhin legt sie sich auf Willys Bitte hin ein Livebelt und macht es an der Sorg-Leine fest.

Sie wendet sich Nicos zu und flüstert laut. „Sorg-Leine heißt das? Für die Senioren ja wohl eher eine Alterssicherung!"

Hält sie uns für taub oder sollen wir das hören? Oder will sie dem jungen Griechen zeigen wie cool sie ist?

Der verzieht keine Miene. Weil er sie nicht verstanden hat? Oder weil man hier das Alter noch respektiert?

Übertrieben mit den Armen schlenkernd geht sie nach vorn, bleibt prompt mit dem Ärmel an der Spannschraube eines Seitenstags hängen und reißt sich ein Loch ins T-Shirt. „Scheiß Schiff!", flucht sie und sieht uns vorwurfsvoll an.

Da Nicos weiterhin sehr wenig mitteilsam ist und wir keinen Grund haben, ihn zu unterhalten, verläuft die gute Stunde bis Iraklia recht schweigsam.

Abgelegen angelegt. Wir legen uns an den Steg, der etwa einen Kilometer vor den ersten Häusern des winzigen Örtchen liegt.

Jenny scheint alles andere als begeistert zu sein, hier das Boot verlassen zu müssen. Im Gegensatz zu Paros und Ios mit ihren Touristen, ist hier weit und breit kein Mensch zu sehen.

Ich habe kein gutes Gefühl. Was, wenn Jenny etwas zustößt? Dann gäbe es nur Zeugen dafür, dass sie mit der Red Pony von ´Ios´ weggefahren ist.

Otto: "Hier ist doch nichts! Wo soll sie denn hier arbeiten?"
Jenny zieht einen Flunsch und nickt.

Nicos: „Hier wohnt mein Geschäftspartner, mit dem kläre ich das wo und was."

Die Miene des Mädchens soll wohl optimistisch sein, wirkt aber eher angestrengt. Vielleicht fühlt sie sich Nicos gegenüber verpflichtet oder will den Plan den Sommer im Süden zu verbringen, nicht so einfach aufgeben. Oder ist sie in den Griechen verknallt? Vielleicht will sie auch nur weg von uns. Oder ein bisschen von allem. Was weiß ich schon, was sich bei jungen Frauen im Kopf abspielt.

"Komm doch mit uns!" Otto klingt besorgt. Jenny tut so, als habe sie ihn nicht gehört. Nicos bedankt sich höflich für die „Passage" und wendet sich Richtung Dorf. Jenny folgt ihm zögernd.

Also klettern wir wieder an Bord. Willy steht am Ruder und macht den Motor an. Otto geht zum Bug und ich zum Heck um die Leinen loszumachen.

Seebestattung. In der Hocke und über die Klampen gebeugt schießen mir Gedanken durch den Kopf. 'Was mache ich hier eigentlich?', „Waren wir als Jugendlich auch so naiv?" und „Hoffentlich macht mir mein Rücken keine Probleme und ich komme wieder hoch'.

Plötzlich hören wir die helle Stimme des Mädchens. "Ich will nicht hier bleiben. Das dauert mir zu lange!"

"Dahinten gibt es doch schon eine Taverne. Die gehört meinem Onkel!", erklärt ihr nun die tiefere Stimme des jungen Griechen.

"Von wegen Leute aus der ganzen Welt! Wie sollen die denn hier her kommen?" Jenny steht nun wieder am Kai. "Die Fähre kommt inzwischen alle drei Tage hier vorbei. Bald wird sie zweimal täglich bei uns anlegen!" Nicos zeigt auf den kleinen Kai, an dem unsere Red Pony liegt.

Sie folgt seinem Blick und sagt beiläufig cool in unsere Richtung: „Ach von mir aus. Ich komme mit. Hier ist es mir zu langweilig."

Nicos hebt seine Arme zu einer dramatischen Geste. „Weißt Du was der Vercharterer der Red Pony gesagt hat, als die drei alten Säcke angekommen sind?" Jenny schüttelt den Kopf.

Das Gesicht des jungen Mannes verzieht sich zu einem breiten Grinsen: „Jetzt kommen die schon zum Sterben her. Eigentlich müsste er die Red Pony nicht mehr als Yacht verbuchen, sondern als mobilen Sarg für eine Seebestattung."

Willy lacht: „Ach, deshalb war das Boot so teuer. Um so mehr können wir ein paar jüngere Hände an Bord gebrauchen!"

Das Mädchen sieht ihn an. "Ich kann aber nichts bezahlen!" Willy schüttelt den Kopf. "Umgekehrt, wenn Du uns beim Küchendienst und an Deck hilfst, dann zahlen wir Dir etwas."

Eldorado. Jenny steht am Ruder und palavert mit Otto, der neben ihr auf der Backskiste sitzt.
Ich weiß nicht, was er ihr erzählt hat, aber sie scheint ein wenig Vertrauen zu ihm gefasst zu haben.

Nun ist Otto wohl an der Reihe zu fragen: „Sag mal, Jenny, Du hast zu Nicos gesagt, das würde Dir zulange dauern. Was meintest Du damit?"

„Ach das", lacht sie und setzt eine geheimnisvolle Miene auf. „Ich bin ja überhaupt nur mit ihm gegangen, weil er die ganze Zeit über von dem neuen Eldorado geschwärmt hat."

Otto: „Eldorado?" Sie zögert. „Da darf ich eigentlich nicht drüber reden. Das soll ja geheim bleiben." „Deshalb konnte er Dir nicht sagen, um was es überhaupt geht?"

Jenny schüttelt den Kopf. „Nein. Der Nicos ist eigentlich ein Vermessungsingenieur. Nach dem einige ausländische Investoren Areale der Insel aufgekauft haben, erwartet er einen großen Wirtschaftsboom."

Otto: „Wirtschaftsboom?" „Genau weiß er das wohl auch nicht. Er vermutet aber, dass in der Gegend der Höhle Agios Ioannis ein ganzes Feriendorf aus dem Boden gestampft werden soll. Ioannis Biotop. Das wäre ja ein Touristen-Magnet." „Biotop?"

Sie zuckt die Achseln. „Keine Ahnung. Aber wegen der vielen Leute, die daran arbeiten würden im alten Ort bald Tavernen und Hotels wie Pilze aus dem Boden schießen."

11. April....	Amorgos	Willy

Jugend funkt. Das ganze Hin und Her der letzten Tage bringt mich auf einen Gedanken. Damit der nicht wieder verloren geht, begebe ich mich nach unten an den Kartentisch und halte ihn auf dem Notizblock fest.

Wieder an Deck steuere ich direkt auf das Mädchen zu. "Jenny, würdest Du uns einen großen Gefallen tun?" Sie nickt, ohne zu fragen, um was es sich handelt. Als könne ein alter Mann, wie ich, nichts Schlimmes von ihr verlangen, folgt sie mir brav nach unten.

Ich reiße das Blatt vom Block und halte es ihr vor die Nase. "Kannst Du diesen Satz ins Funkgerät sprechen?" Sie liest den Text und sieht sie mich fragend an. "Ich erkläre es Dir später!", vertröste ich sie und zeige ihr, wie das funktioniert.

Jenny nimmt das Mikrofon vom Funkgerät ab und drückt den Knopf. "Smergol, please come, this is the T800!" Sie sagt es dreimal.

Als sie den Knopf loslässt beginnt es zu Rauschen. Das bleibt auch eine Weile lang so. Dann eine Stimme: "This is Smergol, T800, we can hear you!" Sie scheint sich über uns lustig zu machen.

Nun habe ich eine Ahnung wer die Frau am Funkgerät sein könnte. Manuela? Aber warum sollte die hier sein?

Jenny drückt den Knopf erneut: "T800 sails Butterfly, on Scala Smergol, Over!" Auf mein Zeichen hin lässt sie den Knopf wieder los.

Diesmal rauscht es nur kurz. Dann ist deutlich ein gekichertes „Roger" zu hören,

Erwartungen. Während Jenny und Otto sich an Deck ums Segeln kümmern, sitze ich mit Karlheinz in der Messe, um das weitere Vorgehen zu besprechen.

"Wenn das klappt, könnten wir sie morgen Abend schon treffen!" Schwer zu sagen, ob er sich darüber freut oder besorgt ist.

"Wir müssen vorsichtig sein. Möglicherweise sind sie nicht allein. Oder werden beobachtet", gebe ich zu bedenken.

Er verzieht sein Gesicht. "Du meinst, sie könnten die mitbringen, vor denen sie uns eigentlich warnen wollen?"

Hmh? Meine Erwartung an ein mögliches Treffen ist ohnehin gedämpft. "Falls Lisa das wirklich will. Immerhin hat sie sich zwei Monate nicht gemeldet!", maule ich.

„Hör auf zu jammern. Das hast Du Dir doch selbst eingebrockt. Dich erst über diesen Mainz lustig zu machen und dann Deine Frau derart zu provozieren war ziemlich dämlich."

Ich versuche zu lächeln. "Du meinst, es ging gar nicht um sein Angebot?"

"Na ja, sie wollte es Dir zeigen. Ich habe mich ein wenig informiert. Pech für Dich. Der Job ist eigentlich sehr interessant. Diesem Mainz gehört eine richtige Immobilienfirma! Soweit ich weiß, ist Deine Frau da noch nicht eingestiegen, scheint sich aber einzuarbeiten!"

Mein Lächeln bröckelt, rieselt in meinen Bauch und ballt sich zu einem Klumpen zusammen. Karlheinz duckt sich und schiebt hastig hinterher: „Sana meint, sie wäre misstrauisch geworden und nähme die Firma nur unter die Lupe! Aber Du kennst sie ja besser als ich!"

Verschlüsselt. Wieder an Deck löse ich das Versprechen ein, das ich meiner Crew gegeben habe: „Also der Funkspruch? Die Insel Astypalaia ist wie ein Schmetterling geformt, also Butterfly."

Ich halte einen Flyer hoch, auf dem das Gemeindelogo eben diesen Umriss zeigt mit dem Titel: 'Ein Schmetterling in der Mitte der Ägäis!'

Mit dem Finger deute ich auf die Karte: „Und hier im Süden liegt der Hafenort Scala."

Logbuch der Baltic Bird		
10. April....	Levitha	Sana

Bojengebühr. Die Bucht ist wirklich sehr geschützt. Karlheinz und Willy sind nicht hier und auch kein anderes Boot. Das Wasser ist spiegelglatt und von der frischen Brise, die außerhalb weht, ist nichts mehr zu spüren.

Kaum haben wir unser Boot mit der Bugleine an der Boje festgemacht, kommt ein junger Mann den Hügel herunter. Er setzt sich in ein kleines Holzboot, rudert zur Baltic Bird und legt längsseits an. "Welcome! You are okay?" Seine Frage richtet sich an uns Frauen.

"Have you ever seen such beautyfull girls with green skin before?", kichert Manu. Der junge Mann scheint das nicht so lustig zu finden.

"Ten Euros, please!", ist seine einzige Antwort. Lisa sieht kurz zu Heiner. Der zuckt nur mit den Achseln. Der Preis hat sich in den letzten Jahren verdoppelt. Sie gibt ihm das Geld.

Der junge Grieche nickt. "Thank you. Äh, green skin, ha, ha!" Lauthals lachend wünscht er uns noch eine gute Nacht, ´Kalinichta´, und rudert mit einem breiten Grinsen zum Ufer.

Idylle, unwirklich. Selbstzufrieden nehmen wir im Cockpit Platz und schauen uns um. Die Bucht ist wirklich schön.

Da wir direkt nach der Einfahrt, die im Süden liegt, nach Osten in den weiteren Verlauf der Bucht abgebogen waren, können wir jetzt ringsherum auf die sanften gleichmäßig zwischen zwanzig und achtzig Meter hohen Hügel blicken. Die sind bräunlich und nur karg bewachsen. Einzelne Ziegen sind zu sehen, die sich wie in Zeitlupe bewegen. Das Ganze und strahlt eine Gemütlichkeit und Ruhe aus, die uns allen gut tut.

Wären wir nicht selbst hineingefahren hätten wir geschworen, es gäbe keine Einfahrt, sondern wir befänden uns auf einem kleinen See.

Unsere Bierdosen in der Hand, genießen wir den Augenblick in dem guten Gefühl, heute etwas besonderes geleistet zu haben. Das Wasser zeigt kaum Bewegung und das Fehlen des Windes, der uns noch vor wenigen Minuten um die Ohren pfiff, lässt die Idylle unwirklich erscheinen.

Wetter, morgen. Die Vorhersage ist nicht allzu günstig. Wenn es nach Christos gehen würde hätten wir vermutlich abgelegt. Es ist aber nicht nur der Starkwind, der uns zurückhielt. Möglicher Weise kommt die Red Pony ja heute hier her. Angeblich mag Willy diese kleine Insel sehr.

| 11. April.... | los | Sana |

Abwettern. Also bleiben wir auch heute an der Boje liegen. Abwettern nennt Heiner das. „Abwettern?" Christos schüttelt den Kopf. „Das macht man draußen auf der See. Da ergreift man alle möglichen Vorsichtsmaßnahmen um das Unwetter zu überstehen."

Lisa bleibt bei ihrer Entscheidung. „Am sichersten ist es doch im Hafen zu bleiben. So als Vorsichtsmaßnahme." Da kann ich ihr nur recht geben.

Wenn ich geahnt hätte, was da auf mich zukommt, wäre ich wohl nicht so locker geblieben. Kaum jemand kann sich nämlich vorstellen, wie das ist mit vier anderen Leuten auf so engem Raum zusammen zu hocken und eigentlich nichts tun zu können. Auf einer unbewohnten Insel ist ja nicht mal ein Landgang in die nächste Kneipe möglich.

Am Nachmittag überkommen mich erste Mordgelüste. Das Opfer? Ich wäre da nicht wählerisch: Christos, der beim Essen schmatzt? Manuela, die sich schon dreimal umgezogen hat und jedes mal von mit wissen will, ob man das an Bord so tragen könnte? Oder Heiner, der alle paar Minuten, klack, eine neue Dose Bier aufmacht. Klack, klack, klack?

Und Lisa, die mich ansieht als müsse sie mir dringend etwas sagen, aber dann doch den Mund hält. Es ist zum Mäusemelken.

Ein Funkspruch. Manu war nach unten gegangen und ruft jetzt durch den Niedergang etwas nach oben: "Ein Funkspruch!"

Da wir alle gleichzeitig nach unten wollen, gibt es vor der Treppe einen kleinen Rückstau, weil jeder dem anderen den Vortritt lassen will. Oder auch nicht.

Aber schließlich haben wir es geschafft und stehen unten. Auf ein Zeichen von Lisa nimmt Manu ab. Aus dem Funkgerät ist eine verzerrte weibliche Stimme zu hören. "Smergol, this is the T800, please call back!"

"Drücken und sagen: This is Smergol, T800, we hear you!", sagt Lisa vor und Manu macht das dann. Ihr Tonfall lässt allerdings erkennen, was sie von dem Ganzen hält.

Auf Lisas Zeichen, lässt sie den Knopf wieder los. Obwohl es stark rauscht, ist die Botschaft deutlich zu verstehen. Wieder nickt Lisa und Manu kichert ihr ´Roger´.

Ich sehe Lisa und Heiner fragend an. Es ist aber Christos, der als erster eine Antwort gibt.

Nach Manus erstem Funkspruch hatte Lisa ihn aufgeklärt. Da hatte er nur die Augen verdreht.

Nun zeigt er, dass er es verstanden hat. "Wenn das Hinweise auf einen Ort sein sollen, ist das einfach!"

Das Job-Angebot. Spät am Abend sitze ich mit Lisa allein an Deck. Heiner hat sich in die Messe zurückgezogen.

Die anderen haben sich schlafen gelegt. Vielleicht wollen sie uns ja nicht stören.

Lisa: „Bist Du ganz sicher, dass es die Karlows waren, die uns heute verfolgt haben?" „Ziemlich. Renee hat ja doch einiges aus den Gesprächen mitbekommen. Zum Beispiel, dass irgendjemand sich nicht mehr allein auf die Karlows verlassen will. Da ging es auch um Willy und einen anderen Weg." „Anderer Weg?"

Renees Warnung fällt mir ein: „Nach meinen Erfahrungen suchen sie nach Schwachstellen, die sie gegen uns nutzen können." Sie verzieht das Gesicht: „Was sollte das denn sein?" „Keine Ahnung. Was hast Du in den letzten Wochen eigentlich gemacht?", spiele ich den Ball zurück.

Lisa: „Das weißt Du doch. Tobias hat mir doch das Angebot gemacht?" „Und? Weißt Du inzwischen Genaueres?"

„Hmh? Eigentlich soll ich seine Finanzen verwalten oder sogar so eine Art Teilhaberin werden? Mein Interesse hält sich in Grenzen. Ohne Willys abfällige Bemerkungen hätte ich abgesagt. Aber so ist mir einfach der Kragen geplatzt." „Was hat er denn gesagt?"

Sie schnauft: „Ob ich nun endgültig mein Jodeldiplom machen wolle. Bei meinem Ex. Und ob mein Ex vielleicht bald mein Ex Ex wäre."

„Nicht nett. Aber auch nicht völlig abwegig. Immerhin hast Du Tobias noch im letzten Jahr aus einer finanziellen Klemme geholfen und Deinen Mann damit in Schwierigkeiten gebracht."

„Für den Kredit hat Tobias mir doch eines seiner Häuser überschrieben. Das war eine rein geschäftliche Transaktion. Und in Schwierigkeiten hat Willy sich wohl eher selber gebracht. Er hätte ja nicht den Helden spielen müssen. Die Kredithaie hatten ja ihr Geld schon zurückbekommen."

Nun, da könnte ich noch einiges zu sagen. Aber Glaubensfragen zwischen Ex und Ehemann aufzuwerfen hat sich ja selten als hilfreich erwiesen.

Also Kommando zurück: „Und dann hast Du Dich aus Trotz mit Tobias Firma eingelassen?" Sie nickt nur.

"Ja und?" Lisa: "Es hat sich einiges verändert. Vor einem halben Jahr hatte er ein dutzend Immobilien. Jetzt sind es noch ein paar mehr und er hat inzwischen stille Teilhaber als Finanzpartner!"

„Stille Teilhaber? Was machen die denn?"

Lisa zögert. „Na ja. Seine Partner sind so still, dass sie mit mir nicht mal über ihre Transaktionen reden wollen. Laut Tobias kaufen sie irgendwelche Grundstücke auf."

„Was ist damit?" „Tja. Die sind billig aber auch nichts wert. Total abgelegen, öde, belastete Böden oder so. Tobias hat keine Ahnung, was die damit vor haben, verdient als Makler aber ganz gut daran."

Hmh? Eine merkwürdige Geschichte. Wenn sie denn stimmt. "Und deshalb konntest Du Dich nicht bei Willy melden?"

Sie überhört den ironischen Unterton meiner Frage. Oder sie tut nur so. "Ich brauchte erst mal Zeit für mich."

"Aber jetzt bist Du doch auf der Suche nach ihm?", insistiere ich. Sie zieht ihr Augenbrauen hoch."Das bin ich wohl. Du hast ja auch genügend Druck gemacht! Aber sonst?" "Wie sonst?"

Sie verschränkt ihre Arme vor der Brust. "Ich könnte ihn sogar verstehen, wenn er mich nach all dem nicht mehr sehen will."

Hmh? Eine interessante Wendung. "Das glaubst Du doch selbst nicht!

Sie sieht mich spöttisch an. "Ach ja? Und wer ist dann die Frau auf seinem Schiff?"

Logbuch der Baltic Bird		
12. April....	Astypalaia	Lisa

Timing. Oft ist weniger wichtig, was man macht, als wann man es macht. Timing nennt man das wohl. Manche sind darin richtig gut. Mein Händchen dafür ist gelinde gesagt nicht besonders glücklich. Im Gegenteil! Ich vermute ja, dass sich bei den Fettnäpfchen herumgesprochen hat, wo ich zu finden bin.

Bei der Segelei hilft man sich gegenseitig. Das ist in Ordnung und nicht ungewöhnlich. Selbst, wenn ein verwegen aussehende, leicht bekleideter Typen dabei ist.

Wenn das aber vor den Augen des eigenen Mannes geschieht, den man vor zwei Monaten sitzen gelassen hat und mit dem Ex verschwunden ist, sieht es ein wenig anders aus.

Und jetzt springe ich genau in dem Moment in Christos Arme, als Willy neben der Red Pony auftaucht. Natürlich bin ich überrascht als ich die junge Frau sehe, die neben ihm steht und sehr vertraut ihre Hand auf seinen Arm legt.

"Du kannst mich jetzt los lassen", sage ich zu Christos. Als er nicht sofort reagiert, stoße ich ihn zurück.

"Willy?", rufe ich, hätte aber nicht sagen können, ob erfreut oder erschreckt. Wahrscheinlich irgendwas dazwischen. Egal. Es ist ohnehin zu spät. Er hat mir bereits den Rücken zugewandt und geht eilig in den Ort.

Hat er die kleine Hilfestellung von Christos falsch verstanden und fühlt sich fehl am Platz? Nach den letzten Monaten würde es mich nicht wundern.

Karlheinz. Jemand anders hat mein Rufen gehört. Sana! Jedenfalls kommt sie an Deck und sieht sich um, entdeckt aber nur mich und den grinsenden Christos auf dem Kai. Dann auch den am Mast stehenden Heiner.

Er steht so unbeholfen vor ihr, dass sie ihn gerührt in den Arm nimmt und sich noch mal bei ihm bedankt.

Eine Bewegung auf dem Nachbarschiff? Ein Kopf taucht dort im Cockpit auf. Dann geht der dazugehörige Mann zum Bug, springt an Land und ein paar Schritte auf die Baltic Bird zu.

Er sieht Sana, die Heiner noch am Arm hält und lachend auf ihn einredet. Erst als er ihr etwas zu ruft und sich auf dem Absatz umdreht erkenne ich Karlheinz.

Sana klettert auf den Kai herunter und sieht sich um. Doch ihr Mann Karlheinz ist schon verschwunden. Genau wie Willy ein paar Minuten zuvor.

„Ich melde mich ab", höre ich Christos neben mir sagen, „Du weißt ja; Freunde besuchen." Er geht an mir vorbei in Richtung Ort.

Jenny und Otto. Mein Blick fällt wieder auf die junge Frau. Sie hebt achselzuckend die vollen Plastiktüten auf, die Willy stehen lassen hat und stellt sie in das Cockpit der Red Pony.

Wieder unten auf den Steg, kommt sie die paar Schritte auf mich zu und streckt mir ihre Hand entgegen. "Ich bin Jenny. Willy und seine Jungs haben mich mitgenommen!"

Wäre ich nicht so verdattert gewesen hätte ich ihr etwas dazu gesagt, dass sie die Männer dreist als ´Jungs´ bezeichnet. So kommt von mir nur: "Lisa, Willys Frau!"

Jennys prüfender Blick geht hin zu Sana, die nun neben mir steht und sich ebenfalls vorstellt: „Sana, die Frau von Karlheinz."

Die junge Frau grinst: "Haben die Männer solche Angst vor Euch?" Bevor ich ihr eine passende Antwort geben kann, gesellt sich auch noch ein fremder Mann zu uns. "Ich bin Otto, ich gehöre zu Karlheinz und Willy!"

Ärger steigt in mir hoch. Jennys ´Jungs´ und ´Otto, der zu Willy gehört´? Und was ist mit mir? Ich bin so verdattert, ich ihm die Hand gebe und meinen Namen nenne.

"Soll ich zur Red Pony kommen oder wollt ihr hier an Bord gehen?" Heiner steht am Mast der Baltic Bird und schaut vorwurfsvoll zu uns herüber.

"Wir kommen!", rufe ich zurück und mache mich mit Sana auf den kurzen Weg, Otto und Jenny klettern bereits an Bord.

Ich fasse Sanas Arm und flüstere ihr zu: "Auch Komödienstadel gehabt?" Sie verdreht nur die Augen.

Sympathisch. Otto beruhigt uns erst mal. "Die beiden kommen sicher gleich zurück!" Er berichtet von den letzten Tagen und schildert, wie sehr unsere Männer durch den Wind gewesen waren.

"Und damit meine ich nicht nur das Segeln!", lacht er. Ich finde ihn auf Anhieb sympathisch und sehe, dass es Sana genau so geht.

Grinsend erzählt er von den kleinen Katastrophen, die sie alkoholbedingt erlebt haben. Dass man die eigene Crew nicht in die Pfanne haut, scheint ihm herzlich egal zu sein. Immerhin stellt er das Ganze recht lustig dar.

Heiners Miene nach zu urteilen, findet er das gar nicht witzig und ergreift die Flucht: „Ich muss mir mal die Beine vertreten."

Er geht hin zum Bug, springt runter auf den Kai und geht eilig los als müsse er dringend etwas erledigen.

Jenny schaut mich jetzt so vorwurfsvoll an, als hätte ich nun auch noch Heiner vertrieben.

Kabinenruhe. Hmh? Nach der aufwändigen Suche und allem was passiert ist, hätte ich mir schon einen anderen Empfang gewünscht.

Ich weiß nicht, ob es nur mir so geht. Aber wenn ich frustriert bin, will ich alleine sein. Also gehe ich nach unten in die Kabine.

Doch kaum habe ich für ein paar Minuten die Augen zugemacht, klopft es an meine Tür. Ich öffne sie nur einen Spalt breit und schaue hinaus. Jenny?

Es platzt regelrecht aus ihr heraus. "Da ist noch eine Yacht in den Hafen eingelaufen. Da sind auch Deutsche an Bord!" Warum erzählt sie mir so etwas? Die hat sie doch nicht mehr alle. „Und dafür weckst Du mich?"

Sie schüttelt seufzend den Kopf. "Das spannende kommt erst noch. Kaum war das Schiff fest, gingen drei Männer von der Yacht herunter."

Ihr Seufzen wird lauter. „Der eine Mann sieht richtig toll aus. Er hat mir zugezwinkert. Als sie weg waren, kamen zwei andere Männer und gingen zu der Yacht. Die haben immer wieder zu uns herüber geschaut. Und mich dann gegrüßt."

Sie bemüht sich abfällig zu klingen, aber der Stolz in ihrer Stimme ist kaum zu überhören.

„Ein ganz normaler Wechsel der Crew. Das ist bei Charter-Yachten üblich", brumme ich gereizt.

Sie sieht mich erstaunt an. „Na darüber habe ich mir noch nie Gedanken gemacht. Dass auf so einem Boot ständig andere Leute sind finde ich schon irgendwie merkwürdig. Aber auch ziemlich aufregend."

Schön für sie, aber etwas anderes interessiert mich mehr. "Sind Willy und Karlheinz immer noch nicht zurück?" Sie schüttelt den Kopf.

"Und warum erzählst Du mir das alles?" Trotz meiner nicht sehr freundlichen Worte lächelt das Mädchen. "Manuela kennt die Männer auch nicht!" Mein Gott, was erzählt die denn da?

"Ja und?" Jenny scheint nun doch beleidigt zu sein. "Na gut, dann schicke ich sie eben wieder weg!"

Ich habe mich fast schon wieder hingelegt. Doch dann halte ich inne. "Was hast Du gesagt?"

Das Mädchen zuckt mit den Schultern. "Also, die beiden sind zu unserem Boot gekommen und haben nach Sana und Dir gefragt!"

Jetzt bin ich hellwach. "Und was hast Du geantwortet?" Jenny sieht mich erstaunt an. "Ja nichts! ich bin dann runter zu Dir in die Kabine!" "Und? Wo sind die jetzt?"

Jenny sieht mich an als müsste ich das doch wissen. "Na, die stehen doch draußen auf der Kaimauer!"

Logbuch der Red Pony		
12. April....	Astypalaia	Willy

Scala. Heute Nachmittag haben wir in Scala auf Astypalaia angelegt und bleiben erst einmal bei unserer Yacht. Lisa konnte ja jeden Moment hier auftauchen. Das wollen wir natürlich nicht verpassen.

Doch dann drängt Jenny mich zu einem Besuch im Supermarkt: „Du kennst Dich ja hier aus. Ich stinke schon wie ein Iltis. Nur Duschzeug und Shampoo. Das geht ganz schnell."

Immerhin begleitet sie mich. Obwohl wir die Gelegenheit nutzen unsere Vorräte aufzustocken, dauert es nicht allzu lange. Kurz nach 19 Uhr sind wir mit einem halben dutzend Plastiktüten beladen zurück.

„Autsch!", stöhnt Jenny auf und bleibt stehen. „Warte mal!" Sie stützt sich auf meinem Arm und zieht sich einen Schuh aus. Sie flucht so herzhaft über den Stein darin, dass ich lachen muss.

Ob sie ihn auch findet bekomme ich nicht mehr mit, denn ich sehe nun eine Yacht, die sich neben unsere Red Pony gelegt hat. Mein Blick geht zum Bug und fällt auf große Schriftzüge, die von hier aus zu lesen sind.

Es ist tatsächlich die 'Baltic Bird' und vorn auf dem Schiff steht meine Frau. Natürlich freue ich mich. Bin aber auch ein wenig angespannt.

Nun geschehen drei Dinge gleichzeitig; ich hebe den Arm, öffne den Mund, um nach ihr zu rufen, und sie springt vom Boot herunter auf den Kai. Genau in die Armen eines Adonis mit langen Haaren und nackter Brust.

Jetzt hat sie mich bemerkt, bleibt aber unbewegt in seinen Armen liegen und reckt mir herausfordernd ihr Kinn entgegen.

Ich schließe meinen Mund. Nein Tobias ist das nicht. Ich komme im Moment wohl ungelegen. Oder hat sie den Typen abgelenkt, damit ich mich in Sicherheit bringen kann?

Ich drehe mich weg und gehe mit schnellen Schritten zurück. Vorsichtshalber nutze ich zwei parkende Lieferwagen als Deckung bis ich endlich hinter dem ersten Gebäude der Ortschaft ganz aus ihrem Sichtfeld verschwinden kann.

Was war das für ein Typ sein den Lisa da umarmt hat? Ein harmloser Flirt auf einem Segeltörn? Gehört er zu ihrer Crew? Oder ist er einer von denen, die mich suchen? Sind die vielleicht schon in der Nähe?

Hmh? Gewaltsam hat er sie jedenfalls nicht festgehalten. Das sah schon einvernehmlich aus.

Eingeholt Meine Überlegungen werden durch lautes Keuchen gestört. Hinter mir schnaubt es laut: "Bleib doch mal stehen!" Ich drehe mich um und pralle zurück. Karlheinz! Sein Gesicht ist nur wenige Zentimeter entfernt. "Was ist los?"

"Sana ist hier!", japst er, als könne er es selbst nicht glauben. "Ja und? Warum bist Du nicht bei ihr?"

Er hebt die Schultern. „Und Du? Warum bist Du nicht bei Lisa, sondern rennst von ihr weg?" "Falscher Zeitpunkt? Keine Ahnung. Was ist denn jetzt mit Sana?" „Unübersichtliche Situation. Ich wollte sie nicht in Schwierigkeiten bringen", wehrt er ab.

Okay. Aber: „Und was ist mit Jenny?" Er zuckt mit den Schultern. „Die hat doch mit der Sache nichts zu tun. Die wird bei Otto auf dem Boot schon sicher sein."

Wir einigen uns darauf, dass wir unseren Frauen noch etwas Zeit lassen sollten. Sie wissen ja jetzt, das wir hier sind und können sich auf unsere Begegnung vorbereiten. Jedenfalls besser als sie zu überrumpeln oder selbst in eine Falle zu tappen.

Also setzen wir den Weg gemeinsam fort. "Hat denn überhaupt schon eine Taverne auf?" Ich nicke. "Fünf Minuten von hier!"

Männerrunde. Wir haben unser erstes Bier noch nicht ausgetrunken, als mein Blick zur Tür geht. Ich kann nicht glauben, wen ich da sehe.

Warum sollte der jetzt in Griechenland und ausgerechnet in diesem Hafen sein. Aber es ist Heiner, der ganz selbstverständlich an unseren Tisch kommt und sich mit einem breiten Grinsen zu uns setzt.

Eigentlich freue ich mich immer ihn zu sehen. Jetzt bin ich nur baff: „Wo kommst Du denn her?"

Er verzieht das Gesicht. „Was ist das denn für eine Begrüßung. Ihr habt uns doch herbestellt. Scala Butterfly, T800?"

Also hat Lisa ihn mitgenommen. Gute Entscheidung bei einem solchen Törn. Hmh? Dann müsste er ja wissen, wer dieser halbnackte Typ bei Lisa war. Ich unterdrücke den Impuls danach zu fragen. Besser ich lasse Heiner erst mal reden.

Karlheinz bleibt vorsichtig. „Okay, woher hast Du gewusst, das wir hier in dieser Kneipe sind?" „Willy, hast Du vergessen, dass wir auf unserem letzten Törn hier schon mal eingekehrt sind?" Klar. Zu dieser Jahreszeit sind damals wie heute die meisten Tavernen ja noch geschlossen.

Karlheinz: „Wie seit ihr denn auf die Idee gekommen hier zu segeln und nach uns zu suchen?"

Heiner erzählt bereitwillig, aber wie gewohnt lückenhaft und knapp. Immer wieder müssen wir nachfragen und ihm die Worte aus der Nase ziehen..

Er ist Karlheinz bisher nur einmal begegnet. Liegt es daran, dass sie beide mit mir befreundet oder so fern der Heimat sind? Jedenfalls gehen sie miteinander um, als wären sie bereits alte Bekannte. Tja, Männer und Kneipe.

„Ja, das war ein ziemlich harter Törn! Die reinste Entziehungskur!", kommt Heiner zum Ende.

Er lehnt sich zurück und kippt sich den Ouzo, der vor Karlheinz steht, hinter die Binde.

"Da sehnt man sich nach einer Männerrunde?", spöttelt Karlheinz, "Frau an Bord Ruhe fort, heißt es doch bei Euch Seglern. Und dann gleich gleich drei. Das war sicher anstrengend?"

Heiner lacht. "Eigentlich gar nicht so schlimm. Die sind klasse! Chartern einfach eine Yacht und schippern durch die halbe Ägäis um Euch zu suchen."

"Sag mal, ist mit Dir alles in Ordnung?", frage ich ihn besorgt, "Du hast doch sonst immer etwas zu meckern!" "Knallkopf!" Heiner sieht mich belustigt an: „Und jetzt, wo wir euch gefunden haben, haut ihr einfach ab und geht in die Kneipe."

Logbuch der Baltic Bird		
12. April....	Astypalaia	Lisa

Besuch, unerwartet. Sana und ich staunen nicht schlecht, als wir sehen, wer da vorm Bug unseres Bootes steht: Tobias und Robin. Mein Ex und sein Kollege.

Ich hätte Tobias beinahe nicht wieder erkannt. Wo ist sein Lockenkopf geblieben, der ihn so sensibel macht? Jetzt hat er einen Schnauzbart und den typisch kurzen Haarschnitt eines Geschäftsmannes. Er sieht eher aus, wie ein Bankdirektor oder Vorstandsvorsitzender als jemand der hier hier segeln will.

Robin hat sich dagegen kaum verändert. Ich mochte ihn. Nicht nur, weil er mir beim Einarbeiten und Prüfen der Immobilienfirma in allen möglichen Bereichen zur Seite gestanden war. Deshalb habe ich ihn anfangs mal für den Buchhalter, den Sicherheitsbeauftragten, Tobias persönlichen Assistenten oder den Chauffeur gehalten. Bis ich dann erfuhr, das er ein Geschäftsführer war, der gemeinsam mit Tobias die Interessen der Investoren vertreten sollte. Das tat unserer Zusammenarbeit aber keinen Abbruch. Nicht mal, als ich ihm gesagt habe, dass ich den Job wohl nicht übernehmen würde.

Sein Lebenslauf hat mich beeindruckt; im Iran geboren, in Tunesien studiert hat er dann in Saudi-Arabien gelebt, genau wie die Investoren von Tobias Firma.

Sein wirklicher Name ist arabisch und beinahe unaussprechlich. Er bedeutet sinngemäß „Jemand der Sorgen und Falten auf der Stirn vertieft". Daraus wurde in Deutschland dann der Name Faltentiefer unter dem er auch gemeldet ist.

Ein sympathisch-gläubiger Moslem mit einem unüberhörbaren Sprachfehler, den er durch geschickte Nutzung von modernen Kommunikationsmittel auszugleichen versuchte.

Natürlich bin ich ihm immer noch dankbar, dass er mir gegenüber stets geduldig und hilfsbereit gewesen ist. Trotzdem frage ich mich natürlich, weshalb er und Tobias mich ausgerechnet hier besuchen.

Sana springt herunter auf den Kai und reicht den beiden die Hand. Da ich nicht weiß was ich machen soll und folge ich ihrem Beispiel.

Hafenrundgang. Tobias tauscht einen kurzen Blick mit Robin und schlägt mir vor, unter vier Augen zu reden. Natürlich bin ich neugierig, aber auch verunsichert. Ich kann es mir selbst nicht erklären.

Robin ist wohl der gutmütigste und hilfsbereiteste Mensch, der mir je begegnet ist. Trotzdem ist mir alles andere als wohl dabei, ihn mit Sana hier alleine zurückzulassen. Hmh? Vielleicht hat es ja damit zu tun, dass wir alle hier fremd sind und die beiden sich gar nicht kennen.

Robin sieht mich mit seinen braunen Augen an. „Geht ruhig."
Kann er Gedanken lesen? Gegen seine selbstlose Rücksichtnahme war schon damals kaum ein Kraut gewachsen. Und wissen, was die beiden hier her verschlagen hat, will ich ja auch.

Also machen ich mit Tobias einen Spaziergang um den Hafen. Nach den üblichen höflichen Fragen zum jeweiligen Befinden kommt er schnell auf den Punkt. "Warum warst Du denn auf einmal verschwunden? Hat es mit meinen Geschäften zu tun? Du hast ja auch mit meinem Rechtsanwalt gesprochen!"

"Ich habe Dir doch von vornherein gesagt, dass ich Dein Finanzmanagement nicht übernehmen will", erkläre ich zum wer weiß wievielten mal.

"Okay. Du hattest wegen Willy kein gutes Gefühl dabei! Oder?" Er sieht mich eindringlich an. Ich nicke zögernd.

Seine Arme zeichnen einen imaginären Kreis, der den Hafen und die umliegenden Gebäude umfasst. "Ich will, dass Du die ganze Wahrheit kennst."

Hmh? Nicht nur die Wahrheit, sondern gleich die ganze. Das lässt nichts gutes erwarten.

Mitwisserin. Er redet weiter. Wie ein Wasserfall wäre übertrieben, aber doch so als müsse er unbedingt etwas los werden. Gar nicht so leicht ihm zu folgen. Lächelnd erklärt er mir, dass es ganz harmlos anfing.

Vor ein paar Monaten sei ein Investmentagent an ihn herangetreten und habe ihm ein Angebot gemacht. Er war bereit, ihm den Erwerb von mehreren Gebäuden zu finanzieren, an denen Tobias schon länger interessiert gewesen war.

Seine Mundwinkel fallen herunter. „Aber die machen so was natürlich nicht umsonst. Im Gegenzug musste ich für sie Grundstücke kaufen. Ich bin nicht sicher, ob ich nur ihr Makler oder auch ein Strohmann war. Erst waren es Flächen im Ruhrgebiet, die von Bergschäden bedroht oder so kontaminiert sind, dass niemand etwas damit anfangen kann. Zuletzt auch Täler auf einigen abgelegenen griechischen Inseln. Deshalb habe ich auch in den Dodekanes Termine mit den Behörden, Grundbuchämtern und so. Formal ist damit alles in Ordnung. Mich irritiert nur, dass ich mit niemandem darüber reden darf."

„Hmh? Das klingt gefährlich", grinse ich. „Na ja, das habe ich erst vor kurzen erfahren. Meine Investoren haben auch einen bestimmten Ruf."

„Du hast Dich doch nicht etwa mit der Mafia eingelassen?" Ich weiß selbst nicht, ob ich ernst meine.

Er schüttelt heftig den Kopf: „Sicher nicht. Aber die haben soviel Geld, dass sie nicht nur den Ruf einer Firma zerstören können."

„Und wie machen die das?" Meine Skepsis ist mir vermutlich anzusehen. „ich kenne einige Firmen. Die haben sie in den Ruin getrieben."

„Ja und?" „Manche müssen sich heute noch mit Prozessen herum schlagen, obwohl sie bereits vor einigen Jahren Insolvenz angemeldet haben."

Hmh? Klingt bedrohlich. „Die müssen Dir doch gesagt haben, was sie mit den Grundstücken machen wollen?"

„Ich kenne nur die offizielle Version des Investors. Demnach sollen in den Bergen luxuriöse Dörfer und unter Tage Biotope entstehen, die in Krisenzeiten als Rückzugsorte dienen." „Okay?"

„Verstehst Du? Die stecken ungeheuer viel Geld darein. Aber ich kann nicht erkennen wo die Rendite liegt. Da stimmt irgendetwas nicht. Versprich mir, dass Du niemandem ein Wort darüber sagst!"

Hmh? Eigentlich unfair, jemandem etwas zu erzählen, dass niemand wissen soll. Wie kommt er dazu, mich einfach zur Mitwisserin, vielleicht sogar zu seiner Komplizin zu machen? Die Frage steht mir wohl ins Gesicht geschrieben.

Seine Antwort kommt auch prompt. "Ich vermute, dass Du durch Deine Nachfragen bei meinem Anwalt etwas angestoßen hast." Er zögert. "Möglicherweise schwebst Du jetzt in Gefahr!"

Schweben? Das hört sich so luftig und leicht an. Im Moment fühlt es sich allerdings eher so an als wären meine Beine mit Blei ausgegossen worden.

Ich schaue mich nervös, ja ein wenig ängstlich um und sehe den Hafen mit Yachten und Fischerbooten.

Glückssache. Hmh? Beinahe hätte ich vergessen, dass wir uns auf einer griechischen Insel befinden. Nicht besonders einsam, aber auch kein Ort, an dem man sich mal eben zufällig trifft.

"Wie hast Du mich denn überhaupt gefunden?", ist die Frage wieder da. Sie lag mir schon mal auf der Zunge, war aber im Laufe unseres Gesprächs untergegangen.

"Äh!" Seine Verlegenheit ist nicht zu übersehen. „Du hast mir doch selbst von Deinen Törns mit Willy erzählt."

„Ja und?" Er zögert einen Moment und fährt fort: „Du hast auch beschrieben von wo aus ihr gestartet seid. Da brauchte ich nur bei den Athener Vercharterern nachfragen. Und der Rest war reine Glückssache."

Wohnungssuche. Hmh? Keine Ahnung, was ich davon halten soll. Seiner Miene nach zu urteilen, ist das noch nicht alles.

"Darf ich Dich mal etwas anderes fragen?", kommt es dann auch prompt. "Klar!", nicke ich.

Er schaut aufs Wasser. "Bist Du eigentlich noch mit Willy zusammen?" Hmh? Woher weiß er, dass ich und mein Mann uns eine kleine Auszeit gönnen? Von mir nicht, das weiß ich genau. "Was soll die Frage denn jetzt?"

"Ich habe ja regelmäßig mit ein paar Maklern zu tun. Wegen der Mietwohnungen! Mit einem von Ihnen bin ich befreundet." "Ja und?"

Tobias: "Da bekommt man natürlich einiges mit. Das muss ja nicht immer richtig sein oder manche interpretieren es auch schon mal falsch."

Mein Gott, muss er denn so herum eiern. „Nun mach es nicht so spannend."

Seine Miene ist nun beinahe ausdruckslos. „Kann es sein, dass Dein Mann jetzt auf der Suche nach einer kleineren Wohnung für sich alleine ist?"

Zwickmühle. Ich bin froh, als wir unseren Rundgang beendet haben. Sana steht vor unserem Boot und teilt uns mit, dass Robin uns bereits auf der Gipsy King erwartet.

Begeistert ist sie davon nicht. "Ich hole nur schnell meine Jacke! Kommst Du mit?", fordert sie mich auf und geht wieder an Bord. Irritiert folge ich ihr unter Deck. Soll ich etwa helfen, ihre Jacke zu finden?

"Was hat er Dir denn erzählt?", fragt sie, kaum dass wir in der Messe sind. "Eine längere Geschichte. Erzähle ich Dir später! Und bei Dir?"

"Na ja, wir haben uns nur ein wenig beschnuppert." Sie hebt lächelnd die Schultern hoch. „Er glaubt übrigens, dass ich in Deiner Nähe in Gefahr bin. Dein Tobias hat ihm wohl diesen Floh ins Ohr gesetzt. Ich weiß nicht, was ich davon halten soll."

Ihr Mund verzieht sich zu einem breiten Grinsen. „Durch sein Lispeln war das alles ziemlich zäh. Ich kam mir manchmal vor wie ein Schlangenbeschwörer." „Was hat er denn genau gesagt?", will ich wissen.

„Na ja, er wusste nichts konkretes. Nur das eine Organisation etwas verbergen will und das es mit Dir und Willy zu tun hat", rätselt sie mehr als sie etwas neues zu berichten hat.

„Und was hat Tobias Dir erzählt?", fragt sie zurück. Was kann ich dazu sagen? Ohne sie anzulügen oder Tobias zu verraten? Außer: „Wusstest Du, das er nicht nur seine Immobilien verwaltet, sondern auch als Makler für andere unterwegs ist?"

Im Rampenlicht. Ich bin froh als wir die Gipsy King erreichen. Robin und Tobias sitzen schon im Cockpit und sind in eine lebhafte Unterhaltung vertieft.

Hmh? Ihre Yacht liegt unter einer Laterne, die ins Cockpit scheint wie das Scheinwerferlicht auf eine Bühne. Die beiden Männer winken uns zu und ein paar Minuten später finden wir uns neben ihnen auf den Backskisten wieder.

 Schon komisch. Eigentlich sollten wir ja mit Willy und Karlheinz hier sitzen. Na ja. Die sind wieder mal auf und davon. Ist Ehemann eigentlich ein Synonym für Blödmann?

Gut gezischt. Robin verschwindet in der Messe und kommt eine Minute später mit einer Flasche Wein und vier Gläsern zurück. Routiniert schenkt er ein und drückt jedem von uns ein Glas in die Hand. Wir stoßen an.

Tobias wirft ihm einen Blick aus den Augenwinkeln zu. Ich bin überrascht, dass die beiden so Dicke miteinander sind! In der Firma waren sie sich stets mit höflich distanziertem Misstrauen begegnet. Und Robin ist in dieser Zeit auch ziemlich schweigsam gewesen,

Meistens hat er nur per SMS, Email oder App kommuniziert. Und die wenigen Worte, die er sprach enthielten kaum mal ein S, Z oder sonstige Zischlaute.

Um so mehr bin ich überrascht, dass er so viel redet. Nein, sein Lispeln klingt nicht albern oder mitleiderregend; eher ein wenig geheimnisvoll wie der Basilisk bei Harry Potter.

Erinnerung. Meine Befürchtungen sind einer heiter entspannten Stimmung gewichen. Das überrascht mich selbst. Durch Robins Aussprache wirkt alles sehr persönlich und vertraut. So habe ich ihn damals ja auch kennengelernt. Wie war das noch gewesen?

Natürlich habe ich Tobias gesagt, dass ich mich nicht durch die Akten seines Immobilienladens wühlen werde. Er nahm es recht gelassen: „Das habe ich mir schon gedacht. Dein Mann würde das sicher in den falschen Hals bekommen."

Er beruhigte mich: „Ich bin in den nächsten Wochen sowieso beruflich unterwegs. Da müsste Dich ohnehin jemand anderer unterstützen."

Keine Ahnung, warum ich mich dann doch darauf eingelassen habe. Aus Neugierde, weil ich sehen wollte, was von Tobias tollen Geschäften zu halten war? Oder ging es mir darum, meinen Mann zu ärgern?

Egal. Tobias reiste am nächsten Tag ab, nach dem er mir einen seiner Mitarbeiter vorgestellt hatte. „Der weiß über alles Bescheid und wird Dir gerne helfen."

Er hatte nicht zu viel versprochen. Dieser Robin Faltentiefer war nicht nur sehr nett und hilfsbereit, sondern verfügt auch über ein breites Fachwissen und jede Menge anderer Fähigkeiten.

Wie das manchmal eben so ist. Wenn man ganze tagelang mit jemandem eng zusammenarbeitet entsteht eine Vertrautheit, als würde man sich schon ewig kennen.

Sein Sprachfehler spielte dabei sicher eine Rolle. Anfangs fand ich sein Lispeln grauenhaft. Doch je mehr ich daran gewöhnte, mich darauf konzentrierte ihn zu verstehen, desto weniger störte es mich. Zuletzt fand es es sogar ganz angenehm.   .

An die meisten unserer Gespräche erinnere ich mich nicht mehr. Nur eines ist mir noch präsent. Das war auch so absurd, dass ich heute noch vor mir sehe.

An diesem Tag hatte ich erfahren, das Robin gar kein einfacher Mitarbeiter war, der mir als Mädchen für alles zur Seite stand. Er war weder der Buchhalter noch ein Chauffeur für den ich ihn anfangs gehalten habe, sondern der zweite Geschäftsführer.

Zum ersten Mal hatte ich mir die Unterlagen genauer angesehen. Die Gewinn- und Verlustrechnung wies erstaunlich positive Ergebnisse auf. Neben den beträchtlichen Mietzahlungen stachen vor allem die Einnahmen aus der Maklertätigkeit ins Auge. Dazu hatte natürlich ein paar Fragen, die Robin mir so gut es ging beantwortete.

Wir saßen damals in der Besucherecke seines Arbeitszimmers. Die Aktenordner standen schon wieder in den Regalen. Die gepolsterten Sessel mit dem dunklen Tisch aus Holz sorgten ebenso wie die Flasche Wein und die beiden Gläser für eine gewisse Gemütlichkeit.

Robin warf mir einen besorgten Blick zu. „Warum bicht Du eigentlich cho chchlecht gelaunt?" Was sollte ich dazu sagen? Außer: „Na ja, mein Mann wird nicht gerade begeistert sein, wenn ich in dieser Firma hospitiere."

Er lächelte. „Warum gehcht Du nicht hin zu ihm. Immerhin hacht Du ech chchwarz auf weich, dach Dein Einstieg in unchere Firma durchauch lukrativ wäre."

„Geld interessiert ihn nicht", zuckte ich mit den Achseln, „er würde sich höchstens darüber ärgern, dass ich mehr verdienen könnte als er."

„Verchtehe. Das willcht Du natürlich vermeiden." Er sah mich mitfühlend an. Oder mitleidig. Ich spürte, wie die Wut in mir hoch kam. „Warum eigentlich? Ihm macht seine Arbeit doch auch Spaß." Er fummelte sein Handy aus der Jackentasche.

Ein paar Sekunden später starrte ich fassungslos darauf. Auf ein paar Fotos, die Willy in trauter Zweisamkeit mit einer blonden Frau zeigten.

„Sieh es positiv. Ich glaube nicht, dass er etwas mit ihr hat. Wahrscheinlich nur eine Kollegin oder Bekannte."

Hmh? Ein klarer Fall von gut gemeint und schlimm gemacht. Denn ohne die Fotos wäre ich nie auf den Gedanken gekommen, dass Willy etwas mit einer anderen anfangen könnte.

Und natürlich glaube ich auch nicht, dass da mehr läuft als auf den Bildern zu sehen ist.

Aber das ist es ja eben. Die unverkrampfte Vertrautheit der beiden, diese Natürlichkeit der gute Laune-Fotos. Alles das, was ich mit Willy in den letzten Wochen vermisst hatte.

Robin wurde ernst. „Mach Dich nicht verrückt. Ichch habe gelernt, das chich die Laune nur bessern kann, wenn man an etwach chchönech denkt." „Und wenn es nichts schönes gibt?", maulte ich.

„Auch nicht früher? Ech gab doch immer etwas schönech. Und wenn da etwach war, wircht Du ech finden. „Und wenn da nichts war?", beharrte ich.

„Dann war da eben nichtch. Aber Du bicht wenigchtench chicher, dach ech da wirklich nichtch gab. Erfinden kann man Erinnerungen ja nicht." „Eben!"

Er schaute mich aufmunternd an. „Probieren wir ech doch mal. Nimm ech meinetwegen alch chpiel."

Da er keine Ruhe gab, stimmte ich widerstrebend zu, schloss die Augen und tat so als strenge ich mich an.

„Ichch habe gechtern mit Tobiach telefoniert", flüsterte er ein wenig geheimnistuerisch. Hmh? Was sollte das denn jetzt?

„Er hat nach Dir gefragt", fuhr er fort, „ich choll Dich von ihm grüchen." Ich hatte das Bild von Tobias zwar vor mir, aber meine Freude hielt sich in Grenzen.

„Er hat gefragt, wie ech Dir geht. Und ob ich mich auch gut um dich kümmern würde." Robin deutete zu einem gerahmten Foto auf seinem Schreibtisch.

Es zeigte ihn mit Tobias und einem mir unbekannten Mann. Alle drei hielten kleine Bälle in der Hand. Bocciakugeln?

„Denkcht Du denn gar nicht mehr an ihn?", fragte er erstaunt. „Hmh? Schon!", log ich, hatte aber den letzten Abend mit Willy vor Augen.

Er holte das Foto zu uns an den Tisch und legte es vor mich hin.

Nun sah ich, dass Robin eine Kugel in die Kamera hielt, in der sich ein Gesicht spiegelte. Verzerrt, aber unverkennbar Tobias.

Ich schloss die Augen und sah die überhebliche Miene von Willy vor mir. Robin räusperte sich. Mit flackernden Lidern blinzelte ich das Foto an.

Meine Gedanken spielten Boccia. Willys Kopf wurde von der Tobias-Kugel weggestoßen. Kam zurück. Wurde wieder weg gekegelt.

„Er cheint chich viel für Dich zu interrechieren", unterbrach er mein Kopftheater. „Wer?" Die Willy-Kugel war wieder da.

Robin schaute mich verständnislos an. „Du denkcht doch hoffentlich nicht an Willy? Den wolltecht Du doch gerade vergechchen."

Er atmete tief durch. „Vor allem cheine chrecklichen Wutauchbrüche, wenn Du ihm widerchprichcht. Hacht Du etwa vergechchen, dachs er Dich gechchlagen hat?"

Wie kann ich etwas vergessen, das nie geschehen ist? Hmh? Wahrscheinlich habe ich ihn nur falsch verstanden.

Ich wollte ihn darauf ansprechen, doch er hatte sich in Fahrt geredet. „Vergichch Deine Angcht vor ihm. Hier bicht Du chicher. Cho. Und jetcht will ich nichtch mehr davon hören."

Was redete er denn da für einen Unsinn? Das musste ich jetzt unbedingt klarstellen. Natürlich vorsichtig, denn er meinte es ja nur gut.

„Ich soll also den Mund halten?", versuchte ich es mit Ironie. Er schüttelte den Kopf. „Nein, Du wolltecht doch nur noch an etwach chchönech denken. Zum Beichpiel an Tobiach. Dem icht ech nämlich viel erncht mit Dir."

„Der? Das meinst Du sicher nur", war ich skeptisch geblieben. Nun schilderte mir ebenso ausführlich wie energisch, wie sehr und nostalgisch Tobias von mir geschwärmt hätte. Er ließ sich Zeit.

Ich war unheimlich müde, konnte kaum noch die Augen auf halten und hörte ihm nur noch im Halbschlaf zu.

Sana nervt. Es dauert eine Weile mich zu orientieren wo ich hier eigentlich bin. Ich muss wohl für ein paar Sekunden ein-genickt sein. Zum Glück hat das niemand mitbekommen.

Außer vielleicht Robin der mich aufmunternd anlächelt. Er lehnt sich ein Stück zur Seite, so das sich unsere Schultern berühren. Als ich ihn fragend anschaue, verdreht er die Augen und deutet er mit dem Kinn zu Sanas angespannter Miene. Offenbar hat es einen Streit mit ihr gegeben.

Er grinst: „Wenn ihr Euch nicht vertragen wollt, dann genießt es wenigstens zu zoffen." Tobias wendet seinen finsteren Blick von Sana ab und Robin zu. „Was soll der Quatsch?" „Na, ja. Lacht doch mal. Chanken könnt ihr ja immer noch", spottet Robin.

Tobias sieht ihn skeptisch an. Doch Robin gibt nicht auf. Mit Erfolg.

Ein paar flapsige Bemerkungen später hat sich zwischen den beiden eine launige Kabbelei entwickelt. Sie spielen sich die Bälle geschickt zu, so dass es manchmal witzig wird. Robin lacht sogar mit, wenn Tobias ihn wegen seines Sprachfehlers auf die Schippe nimmt.

Sana schaut mit zusammengepressten Lippen aufs Wasser als ginge sie das alles nicht an.

Robin folgt ihrem Blick und versucht sie in das Gespräch einzubeziehen. „Tja, das Meer ist wirklich schön. Es ist ein Geschenk Allahs für alle Gläubigen."

Ihre Mundwinkel gehen verächtlich nach unten: „Und warum spricht man von christlicher Seefahrt? Ist Mohammed vielleicht seekrank geworden?"

Robin Lächeln friert ein. Er zuckt mit den Achseln. Nun bin ich wirklich sauer auf Sanas Stichelei. Auch, wenn ich selbst mit Religion nichts anfangen kann, gestehe ich doch jedem seinen Glauben zu.

Sana wendet sich von uns ab und schaut zur Baltic Bird herüber. Jenny und Manu beobachten die Gipsy Kind und amüsieren sich über uns.

Hmh? Den Anblick erspare ich mir indem ich mich auf die andere Seite der Backskiste setze, so dass ich die Baltic Bird im Rücken habe.

Warum ist Sana nur so verkrampft? Na ja, sie hat an ihrem Glas bestenfalls genippt, während meines schon wieder leer ist.

Trotzdem bin ich erstaunt, dass ich mich nur mit sehr viel Mühe konzentrieren kann.

Ihre nächste Frage überrascht mich nicht. "Sagt mal, was genau hat Euch denn veranlasst, hierher zu kommen?" Hmh? Hat sie das nicht schon einmal gefragt? Und genau wie ich die Antwort wieder vergessen?

Robin sagt etwas, das ich nicht verstanden habe? Das ändert sich erst als es mir gelingt, die „ch-Laute" als ´s´ oder ´z´ zu übersetzen. "Wir sind hier um Euch zu helfen. Und euren Männern!"

"Ihr seid hier, weil wir in Gefahr sind?" Sana klingt weniger dankbar als misstrauisch belustigt.

"Chicherichtchicher!", zischt Robin. Obwohl ich inzwischen an seinen Sprachfehler gewöhnt bin dauert es, bis ich sein Zischen mit „sicher ist sicher!" übersetzt habe.

Die anderen lachen. Auch ich fühle eine merkwürdige Heiterkeit, die sich benommen in mir ausbreitet.

Und als Tobias und er nun mit ausführlicher Ironie auch noch die Umstände ihrer Anreise kolportieren komme ich aus dem Lachen gar nicht mehr heraus.

Logbuch der Red Pony		
12. April....	Astypalaia	Willy

Gipsy King. Heiner ist gerade gegangen. Nicht ohne uns noch einen Spruch zu drücken. „Einer muss ja mal nach den Mädels sehen."

So ganz unrecht hat er nicht. Also zahlen wir unsere Rechnung und machen uns auf dem Weg zum Hafen.

Auf der Kaimauer können wir es schon sehen. Eine andere Yacht hat sich hinter unsere Red Pony und die Baltic Bird gelegt. Gut beleuchtet unter einer Laterne. Einige neugierige Schritte später können wir auch den Namen des Bootes lesen. ´Gypsy King.

Die Red Pony lassen wir links liegen, nicken Manu und Heiner, die uns erwartungsvoll entgegensehen im Vorbeigehen zu. Dann stehen wir auch schon vor dem Heck des Neuankömmlings.

Ich traue meinen Augen nicht; im Cockpit sitzen vier Personen, die in eine lebhafte Unterhaltung vertieft sind. Wir können die Frauen nur von hinten sehen. Ich glaube aber Lisa und Sana zu erkennen. Bei den Männern bin ich sicher, denn wir sehen sie von vorn.

Am liebsten hätte ich laut geschrien. 'Was macht denn Tobias hier?" Ich kann es nicht fassen. Damit hätte ich nach Lisas geheimnisvollem Funkspruch nicht gerechnet. War das Ganze nur eine Scharade der beiden gewesen, um mich vorzuführen?

Hmh? Welche Rolle mochte der andere Mann dabei spielen. Den habe ich noch nie gesehen. Ein Südeuropäer oder Nordafrikaner?Jedenfalls ist er tief gebräunt.

Du oder ich? Das Spektakel ist gut beleuchtet. Lisa und Sana haben den Blick auf Tobias und den Fremden gerichtet.

Die muntere Diskussion der Vier ist in voller Fahrt. Alle sind so sehr auf ihre Gegenüber fixiert, dass sie uns noch nicht bemerkt haben.

"Wollen wir sie wirklich stören?", spotte ich und schiebe hinter her. „Komm wir gehen. Das muss ich mir nicht antun."

"Spinnst Du. Schließlich sind sie aus Sorge um uns durch die halbe Ägäis ...", setzt Karlheinz an, bricht aber irritiert ab als im Cockpit der Gipsy King lautes Gelächter aufbrandet.

"Besonders besorgt wirken sie ja nicht!" Ich zeige mit dem Kinn auf das gemischte Quartett.

Hmh? Tobias und der andere Mann müssten uns eigentlich sehen. Wir stehen ja vor ihrem Heck, unter der Laterne.

Der dunkle Typ wirft einen kurzen Blick aus den Augenwinkeln in unsere Richtung und winkt Lisa, Sana und Tobias zu sich heran. Die Vier stecken ihre Köpfe dicht zusammen und beginnen miteinander zu tuscheln.

Karlheinz grinst: „Du oder Ich?" Meine Miene ist wohl Antwort genug. Mir hat es nämlich die Sprache verschlagen.

Er dreht sich zum Schiff und dröhnt übertrieben laut: "Dürfen wir Euch kurz stören?" In diesem Ton hätte er auch „Hände hoch, Polizei" rufen können.

Die vier im Cockpit fahren herum. Unsere Frauen sehen erschrocken auf. Auch Tobias und der andere Mann geben sich überrascht.

Ich bücke mich schnell herunter, drücke meine Zigarette auf dem betonierten Kai aus, und versuche mein hässliches Grinsen zu verbergen. Ich lasse mir Zeit dabei. Erst als Karlheinz mir seinen Ellenbogen in die Rippen stößt richte ich mich wieder auf.

Moderiert. "Ach, hallo ihr zwei. Schön, dass ihr da seid!" Tobias´ Miene ist höflich distanziert. Er stellt sich mit dem fremden Mann so, als wollten sie Lisa und Sana vor uns verbergen.

Ich schlucke meinen Ärger herunter. Es wäre einfach zu absurd sich darüber aufzuregen, dass sich die Frauen hinter den beiden Pappnasen verstecken. Karlheinz spielt das Theater mit: "Wir haben ja gehofft, heute kurz mit Sana und Lisa sprechen zu können!" Hmh? Fehlt nur noch, dass er Tobias seine Visitenkarte überreicht.

"Die beiden werden sich bestimmt freuen!", moderiert Tobias, als wären die Frauen gar nicht da und er bei ihnen ein gutes Wort für uns einlegen müsste. Gehörte Lisa inzwischen zu seinem Team und er bestimmte ihre Sozialkontakte?

Mein ungläubiger Blick fährt zu Karlheinz herum. Aber da hätte ich auch gleich in einen Spiegel schauen können.

Unsere Frauen stehen auf. Genau genommen nur Sana, die ihre Freundin mit sich zieht. Lisa wirkt abwesend, als sei sie aus einem tiefen Schlaf gerissen worden.

Sana schiebt sich an den Männern vorbei, springt von Bord und eilt auf uns zu. Karlheinz breitet seine Arme aus, als würde er fangen spielen und sie fliegt regelrecht hinein.

Na ja. Ein wenig neidisch bin ich schon, auch wenn ich derartige Gefühlsausbrüche eigentlich für übertrieben halte.

Das Wiedersehen. "Schön, dass ihr da seid!" Karlheinz flüstert es nur. Sana lächelt ihn erleichtert an. Im nächsten Moment hält sie inne und dreht sich um. "Lisa, nun komm schon!"

Die so angesprochene steht noch an Deck zwischen dem Fremden und Tobias, ihren Blick unsicher auf Sana und Karlheinz gerichtet. "Komm schon!", wiederholt Sana und hält ihr die Hand hin. Zögernd greift Lisa zu und steigt schließlich auch auf den Kai herunter.

"Willy?" Lisa schaut mich unsicher an und hebt die Hand. Nur ein paar Zentimeter, dann lässt sie sie wieder sinken. Was ist denn mit der los? Hat sie etwa Angst vor mir?

Alle Acht. Ich schaue noch mal zur Gipsy King. Merkwürdig. Tobias und der andere Typ sind schon unter Deck verschwunden. Egal. Mir soll es recht sein.

Vor der Red Pony halte ich noch mal an: „Manuela, Otto, Heiner kommt ihr bitte mit!" Und als mir einfällt, das sie dann allein an Bord wäre: "Jenny, kommst Du auch?"

Bereitwillig, ja erfreut schließen sie sich uns an, während Lisa neben uns her trabt, als würde sie von einer Pistole vorwärts gestoßen.

Und so sieht der Wirt in seiner Taverne heute Abend drei Gäste zum zweiten mal und was ihn sicher freut, noch fünf neue dazu.

Polizeiarbeit. "Warum habt ihr uns eigentlich gesucht?", macht Karlheinz den Auftakt, „und was sollte dieser geheimnisvolle Funkverkehr?" Das ist schnell erklärt. Heiner hatte ja schon einiges berichtet.

Sana hat soeben mit ihrer Dienststelle telefoniert. Es gibt Neuigkeiten: „Der Anwalt der Hauptangeklagten in dem anstehenden Prozess hat Kontakt zu den Karlows aufgenommen. Kurz darauf sind die beiden nach Athen geflogen. Dort hat man ihre Spur verloren! Aber ich bin sicher, dass ich sie auf Ios gesehen habe." Sie schildert nun was sie dort beobachtet hat und auch das weitere Geschehen.

Otto: „Weiß man denn inzwischen wer das Opfer war?" Sana schüttelt den Kopf: „Wir waren nicht mal bei der Polizei. Die hätten eh nichts gemacht, außer uns auf die Nerven zu gehen."

Karlheinz: „Und Tobias?" Sie zuckt die Achseln. "Wir wissen nur, dass er ein paar Tage später als die Karlows nach Athen geflogen ist! Und dass er auch noch einen Kollegen dabei hat. Diesen Robin!" Das interessiert mich natürlich: „Was weiß man denn über den?"

Sana: „Nicht viel. Keine Vorstrafen, geboren in den Vereinigten Emiraten, bevor er nach Deutschland kam hat er dort für eine Immobilienfirma gearbeitet. Und jetzt ist er Geschäftsführer in Tobias Firma und angeblich aus beruflichen Gründen hier her gereist."

„Also unverdächtig?", frage ich nach. „Sicher. Es sei denn man hat Vorurteile. Er ist nämlich ein streng gläubiger Moslem, ein Wahhabit, und geht häufig in die Moschee." Sie verzieht das Gesicht. „Auch in Duisburg und zwar in eine, in der auch schon mal Salafisten gepredigt haben."

Hmh? Das bringt uns jetzt nicht weiter. "Wir müssen wissen, ob die Karlows auch in dieser Gegend sind. Wer hat eigentlich die Gipsy King hierher gebracht?", spricht Karlheinz aus, was ich mich auch schon gefragt habe.

Sana hebt die Hände: „Keine Ahnung, aber Lisa hat vermutet, dass sie diejenigen waren, die unser Boot verfolgt haben!"

Manuela: „Jenny hat heute zwei Männer von Bord der Gypsy King gehen sehen; vielleicht sind die das?" Jenny nickt: "Einer davon sah sehr gut aus. Da war noch einer dabei. Der sah aus wie ein Pirat oder Terrorist!" Otto: "Das ist doch das Schiff von Tobias und Robin?

Wir überlegen, ob die beiden etwas mit den Karlows zu tun haben, kommen aber zu dem Schluss, dass es sich um einen Zufall handeln kann. Der wäre zwar merkwürdig, aber wahrscheinlicher als das die beiden Geschäftsleute sich mit derart dumpfen Typen eingelassen haben.

„Nein, dazu ist der Tobias zu clever", bringt Sana es auf den Punkt. Ich suche Lisas Blick. Aber der ist nicht aufzufinden.

Otto: „Vielleicht sollten wir die beiden warnen. Dann müssten wir uns aber beeilen!"

Ausgesetzt. Ein paar Minuten später haben wir gezahlt und befinden uns auf dem Weg zum Hafen. Meine Gedanken gehen eher in die andere Richtung zur Kneipe zurück.

Die letzten Stunden in der Taverne haben meinen ersten Eindruck bestätigt. Lisa hat mich kaum eines Blickes gewürdigt und wenn es doch mal dazu kam, war der alles andere als freundlich. Hoffentlich ist sie nicht ernsthaft krank. Unsere besorgten Fragen führten nur dazu, dass sie noch verschlossener wurde.

Im Hafen angekommen, versuchen wir möglichst ungesehen auf den Steg zu kommen. Das ist bei der hellen Beleuchtung einerseits nicht so leicht und andererseits überflüssig.

Die Gipsy King ist verschwunden! Und am Steg stehen ein irritierter Robin und ein sich verloren umschauender Tobias.

Prolog II

So weit, so gut. Bisher haben unsere Notizen dafür gesorgt, das wir uns ohne längere Diskussionen über die zurückliegenden Ereignisse verständigen konnten. Das war zwischen Willy und Karlheinz nicht anders als bei Sana und mir.

Im Prinzip hat derjenige, der das Logbuch geführt hat, ja den Hintergrund seiner Notizen meist unwidersprochen darlegen können.

Nach unserem Zusammentreffen auf Astypalaia gibt es zwei Logbücher und die Zahl der Personen, die das Geschehen in Stichworten festgehalten haben ist auf einmal doppelt so groß.

Allein die Route unserer Boote führte zu Diskussionen. In der Tat war es erstaunlich, dass wir mit unserer Baltic Bird Ios einen Tag und Amorgos sogar 2 Tage früher erreicht hatten als die Red Pony, obwohl die eine Woche vor uns los gesegelt war.

Dass wir am selben Tag auf Paros ankamen uns aber verfehlten, war dagegen mit den unterschiedlichen Häfen leicht erklärt gewesen.

Die Frage, wer denn was nur subjektiv oder auch faktisch falsch rekonstruierte, taucht nun erheblich öfter auf als bisher. Dabei kommt es manchmal zu heftigen Auseinandersetzungen, die im Einzelfall sogar persönlich werden.

Für mich, als in mehrfacher Hinsicht Involvierte ist das besonders schwer. Niemand spricht es direkt aus, aber zwischen den Zeilen klingt mehr als einmal durch, dass uns ohne mich manches erspart geblieben wäre.

Während meine Sicht auf die Dinge oft in Frage gestellt wird, kann Willy sich zurückhalten und die Erläuterung seiner Notizen meistens den anderen überlassen.

Das hindert ihn leider nicht daran seine üblichen Psycho-Spielchen zu treiben. Was daran so schlimm ist? Nun, er stellt einfach die normalen Abwehr-Reflexe auf den Kopf. Niemand gibt ja gerne einen Fehler zu sondern rechtfertigt sich automatisch oder verteidigt sich gegen die Vorwürfe.

Willy dreht den Spieß einfach um, stellt sein Handeln, gerne auch sich selbst in Frage und überlässt es den anderen für ihn zu sprechen. Diesmal wehrt er die Kritik der Mehrheit an mir ab und erklärt großmütig, dass letztlich er selbst das alles verbockt habe.

Eine besonders perfide Arroganz. Dagegen kann man sich nicht wehren. Natürlich habe ich das nicht einfach so stehen lassen können und ihn im Eifer des Gefechtes unter anderem auch mal einen „gottverfluchten Pharisäer" genannt.

Und Sana? Unter dem Deckmantel der Objektivität schlägt sie sich meist auf Willys Seite. Ich bin im Moment kurz davor ihr endgültig die Freundschaft zu kündigen.

Na ja. Es ist jedenfalls schwierig zu einem Ergebnis zu kommen, das nicht nur durch die Crew eines Bootes sondern von allen oder der deutlichen Mehrheit der Beteiligten mitgetragen wird.

Es darf also nicht verwundern, wenn der Rest unseres Berichtes recht knapp, gelegentlich lückenhaft und sogar widersprüchlich erscheint.

	Logbuch der Baltic Bird	
12. April....	Astypalaia	Lisa

Crew verkehrt. "Ja, und dann sind die Typen an Bord gegangen und haben unser Gepäck an die Kaimauer gestellt!" Tobias ist immer noch fassungslos.

"Wieso seid ihr überhaupt da an Bord gewesen?" Willys Misstrauen ist nicht zu überhören.

Tobias zuckt die Achseln. "Wir haben die Yacht gechartert. Hier sollte morgen die Übergabe sein. Es war mit dem Vercharterer vereinbart, dass wir schon heute auf dem Schiff übernachten können. Deshalb hatten wir dort bereits unser Gepäck und einige Vorräte verstaut."

Hmh? Was bleibt uns übrig? Stehen lassen können wir die beiden ja schlecht. Also nehmen wir sie mit an Bord der Baltic Bird, um zu besprechen, was zu tun ist.

Sprengstoff. „Eine Baufirma auf Ios hat den Diebstahl von 10 kg Plastiksprengstoff angezeigt! Und gestern wurde die Leiche eines Mitarbeiters eben dieser Baufirma angespült", informiert uns Sana über einen Anruf, den sie von ihrer Dienststelle erhalten hat.

Karlheinz: „Ich hätte nicht gedacht, das die Karlows soweit gehen würden. Wer weiß, was die sonst noch vorhaben."

Tobias: "Vielleicht versuchen sie, die Sprengsätze an unserem Schiff anzubringen und zünden sie dann auf hoher See. Es sind hier schon viele Yachten verschwunden!"

Wir denken ernsthaft darüber nach die Boote zu verlassen und uns ein Hotel zu suchen. Letztendlich scheint uns das Risiko dann aber doch eher gering zu sein.

Selbst wenn sich der Sprengstoff bereits an Bord befinden sollte, würde er sicher nicht im Hafen gezündet. So schnell könnte das Schiff ja gar nicht sinken, das wir es nicht mehr an Land schaffen würden.

Nein, das macht nur Sinn auf hoher See. Also entscheiden wir uns dafür an Bord zu übernachten. Ein wenig mulmig ist mir dabei schon.

Otto: "Okay, dann ist das geklärt. Es ist schon ziemlich spät. Wir sollten noch festlegen, wer auf welchem Schiff übernachtet. Wenn jemand das Schiff wechseln will, muss er seine Sachen noch herüberbringen? Am besten gleich in der Konstellation, in der wir morgen segeln werden."

Kriterien. Nun wird es ausgesprochen albern. Willy: „Nach den Grundsätzen der Kombinatorik sind sämtliche Konstellationen zwischen zwei Yachten mit je fünf Personen sowie einem Boot mit neun und eines mit einer Person denkbar!" Hmh? Der hat sie ja nicht alle.

Die anderen schauen ihn irritiert an und überlegen wohl ob er das ernst meinen könnte.

Christos schlägt grinsend in dieselbe Kerbe: "Es kommen drei Personen als Skipper in Frage. Auf jedem Boot sollte mindestens einer von Ihnen sein! Wir sollten auch darauf achten, das die routinierten und weniger sicheren Mitsegler einigermaßen gleichmäßig auf die Boote verteilt werden."

Manu kichert: "Ich bekenne mich als unerfahrene und unsichere Kandidatin!"

"Wie schätzt ihr Euch denn ein?" Willy schaut erst Tobias, dann Robin an, der nur "Geht scho!" lispelt . Ich folge seinem Blick, der nun auf Tobias gerichtet ist.

Ich weiß genau, was er vor hat. Er will Tobias aufs Glatteis führen. Ganz schön mies.

Doch der durchschaut ihn und gibt sich bescheiden. "Ganz ordentlich!" Er hat sich von Willy nicht provozieren lassen. Ich kann mir ein zufriedenes Grinsen nicht verkneifen.

Otto schaut auf die Uhr. "Es ist spät geworden! Wir sollten das morgen klären!" Niemand erhebt Einwände. Auch sein Vorschlag, dass die Robin und Tobias in der Messe der Red Pony schlafen und die Frauen von der Ankerwache befreit sein sollten, wird widerspruchslos akzeptiert.

Logbuch der Baltic Bird

13. April....	Astypalaia – Kos	Sana

Törnplanung. Als ich aufwache, ist das ungute Gefühl schon da. So, wie Lisa mir einen „Morgen, Sana!" wünscht, hätte sie auch „fahr zur Hölle!" sagen können. Na ja, vielleicht hat sie nur schlecht geschlafen.

Zunächst bringen wir Jenny zur Fähre, die nach Rhodos fährt. Sie hat sich anfangs mit Händen und Füßen dagegen gewehrt, denn eigentlich wollte sie lieber bei uns bleiben.

Schließlich lässt sie sich von der Gelegenheit zur kostenlosen Rückreise doch noch erweichen. Lisa hat ihr mit ihrem Smartphone nämlich ein Ticket für einen Direktflug nach Frankfurt gebucht, der noch heute Nachmittag startet.

„Ganz schön großzügig von Dir!", lobe ich sie. Sie zuckt mit den Achseln. „Wird ja von Willys Konto abgebucht!"

Sollte sie wieder in das alte Muster verfallen sein, in dem sie ihre Verbundenheit mit Willy grundsätzlich mit negativen Vorzeichen versieht? Als wenn wir keine andere Sorgen hätten.

Bei der Untersuchung der beiden Schiffe sind wir weder auf irgendwelche Bomben noch andere verdächtige Gegenstände gestoßen. Christos ist sogar getaucht und hat die Schiffsrümpfe von außen überprüft.

Gemeinsam mit der Red Pony - Crew beratschlagen wir nun, wie es weitergehen soll. Zunächst wird spekuliert, wohin denn die Gipsy King gesegelt sein könnte. Denn es ist klar, dass wir ihr folgen wollen.

Wir gehen auf der Seekarte die umliegenden Inseln der Reihe nach durch. Christos und Willy, die als einzige das Revier wirklich kennen, einigen sich auf Kos und zwar Kamari als wahrscheinlichstem Ziel der Karlows. 40 Seemeilen von hier, der Steg mehr als hundert Meter vom Ort entfernt und zu dieser Jahreszeit kaum Touristen.

Ein runder Tisch. Überrascht registriere ich, wie fürsorglich Robin sich Lisa gegenüber zeigt. „Hier. Dach hilft gegen Deine Kopfchchmerchen!", zischt er sie an und reicht ihr ein Glas. Hmh? Das ist also der Grund für ihre schlechte Laune.

Inzwischen hat sich der Hunger eingestellt. Wir beschließen vor dem Auslaufen noch zu frühstücken. Willy holt alles, was an Essbarem geeignet ist von der Red Pony auf die Baltic Bird, deren Crew ebenfalls ihre Vorräte beisteuert.

Es finden alle im Cockpit Platz, wenn auch recht beengt. Tobias und Christos hocken besonders dicht vor dem Ruder zusammen und flüstern miteinander. Dabei schauen sie manchmal zu Willy herüber, der vor dem Niedergang mit Otto und Heiner plaudert.

Irritiert auf einem Bissen herumkauend, stupse ich Karlheinz in die Seite und deute auf Christos und Tobias, die ihre Köpfe zusammen gesteckt haben. Mein Mann nickt, zuckt aber nur mit den Achseln.

Und Lisa? Sie sitzt zwar neben mir, scheint aber wieder ganz woanders zu sein.

Creweinteilung. Unser griechischer Skipper räuspert sich: "Ich schlage vor, dass Willy zu uns an Bord kommt. Dann sind wir zwei mit genügend Segel- und Revier-Kenntnissen. Das könnte, wenn es eng wird, von Vorteil sein. Die Red Pony mit Heiner und den anderen braucht uns dann nur noch zu folgen!"

Heiner schüttelt den Kopf. Christos lächelt ihn an: "Das schaffst Du doch. Laut Willy sind Otto und Karlheinz nach dieser Woche ziemlich fit!" Heiners Kopfschütteln wird schwächer. Er schaut Willy hilfesuchend an. Die Miene von Karlheinz ist ein einziges Fragezeichen. Auch ich bin gespannt wie es nun weiter geht.

"Dann fahre ich mit Heiner auf der Red Pony!", mault Manu, "sonst wäre ich ja da fünfte Rad am Wagen!"

Ich beobachte Willy. Und da bin ich nicht die einzige. Er neigt den Kopf zur Seite und brummt: „Das überzeugt mich nicht."

"Na ja, es wäre auch in meinem Sinne", erklärt Tobias hastig, "Lisa und ich würden nämlich gerne bei Dir mitfahren."

Er macht eine entschuldigende Geste: „So könnten wir ja vielleicht ein paar Missverständnisse ausräumen." Lisa ist sichtlich überrascht und stammelt: „Wenn Willy das auch will!"

Der wirkt alles andere als begeistert. Auch ich bin irritiert. Die Warnung des Professors geht mir durch den Kopf. Ich folge meinem Bauchgefühl und melde mich für Lisas Crew. Karlheinz verzieht das Gesicht. Ich drücke seine Hand, zwei mal, und schaue ihm in die Augen. Er schüttelt zwar den Kopf, hält aber den Mund.

Robin scheint überhaupt nicht einverstanden zu sein und öffnet empört den Mund. Doch Christos würgt ihn entschlossen ab. „Dann machen wir das so. Die Zeit drängt. Wir können hier ja nicht ewig lamentieren."

Somit stehen die Crews fest. Die Gipsy King mit den Karlows würde also von der Baltic Bird mit Lisa, Willy, Tobias, Christos und mir sowie von der Red Pony mit Heiner, Robin, Manu, Karlheinz und Otto verfolgt werden.

Segelkleidung. Kurz vor dem Auslaufen, kommt Willy auf mich zu. "Zeig mir mal Deinen Segelanzug!" Mein Erstaunen ist mir wohl anzusehen. "Bitte!", schiebt er hinterher.

Ich gehe hinunter und hole das schwere Teil herauf. "Ja, der ist in Ordnung!", brummt er zufrieden. "Der ist doch auch von Dir?", vermute ich.

"Das ist einer der beiden dickeren. Der hält gut warm!", nickt er. "Den anderen hat Lisa!", sage ich, als müsse ich mich verteidigen. Keine Ahnung, was er von mir will; sicher mir nicht demonstrieren, dass er drei Segelanzüge besitzt. "Warum ist das so wichtig?"

Sein Grinsen verstehe ich nicht sofort. "Wir haben eine Wetterlage für Fliesenleger!" "Wie bitte?" Er wird wieder ernst. "Na ja, kann sein, dass es heute ordentlich kachelt!" "Ha ha!" Ein kalauernder Willy hat mir gerade noch gefehlt.

"Und was ist mit Dir?" "Ich kann mich in dem dünnen besser bewegen. Habe auch meine Thermo-Klamotten darunter!"

Alles beim Alten. Wir sind seit einer guten halben Stunde unterwegs. Christos steht am Ruder. Ich habe im letzten Moment noch mal überlegt, doch zu Heiner auf die Red Pony zu wechseln. Nach mehr als einer Woche hätte ich Karlheinz schon gerne mal wieder in meiner Nähe. Abgesehen von den paar Minuten, die wir uns im Arm hielten, sind wir irgendwie in den Geschehnissen rund um die Gruppe untergegangen.

"Es bleibt alles beim Alten", erklärt uns Lisa, "ich bin der Skipper, Christos entscheidet das praktische und Tobias ist unser Joker!"

Sie stützt ihren Arm auf die Schulter des Griechen und setzt sich neben mich. Hmh? Und was ist mit dem anderen Revier kundigen Segler? Ich schaue Willy an.

Der sitzt mit ausdrucksloser Miene auf der Backskiste gegenüber als hätte er mit dem Ganzen nichts zu tun. Mein ungutes Gefühl verstärkt sich.

Stehen im Wind. "Willy, geh mal ans Ruder, Kurs 80 Grad!", kommandiert Christos und wirft Tobias einen kurzen Blick zu.

Ich bin gespannt, wie Willy reagieren wird. Doch er steht nur wortlos auf, stellt sich seitlich neben das Steuerrad und befestigte sein Livebelt an der hinteren Reling. Noch bevor er damit fertig ist und sich umdrehen kann, lässt Christos das Ruder los und tritt zur Seite. Das führerlose Schiff luvt so kräftig an, das die Segel zu flattern beginnen.

Willy fährt hastig herum, greift ins Steuer und verhindert gerade noch, dass sich das Schiff in den Wind stellt und zum Stehen kommt.

Er tritt hinter das Ruder und dreht es hart nach backbord. Klar, er will schnell wieder Wind in die Segel bekommen und Fahrt aufnehmen. Dazu fährt er nun statt den Ostkurs in Richtung Süd.

"Achtzig Grad, habe ich gesagt!", schnauzt Christos und verdreht die Augen. Lisa auf der Bank dicht neben ihm schaut vorwurfsvoll zum Bug.

"Da wollen wir wirklich nicht hin", spottet sie und tauscht mit dem Griechen einen kurzen Blick. Tobias lächelt amüsiert.

Ich halte empört die Luft an. So viel verstehe ich inzwischen von der Segelei; Willy hat das einzig richtige getan. Erst Fahrt aufnehmen und dann wieder auf Kurs gehen. Seine Reaktion auf das idiotische Verhalten des anderen war sogar sehr gut gewesen.

Eigentlich müsste er wütend sein. Er zeigt aber keine Regung. Inzwischen fährt er wieder den alten Kurs.

Patent-Halse. Lisa lacht über eine Bemerkung von Tobias und legt ihm eine Hand auf die Schulter. Als Willy bemerkt, dass ich ihn beobachte nickt mir zu, deutet mit dem Kinn nach hinten über das Heck hinaus.

Die Red Pony ist bereits dicht hinter uns und kommt deutlich schneller als wir voran.

Willy schaut die beiden Skipper an: "Wir müssen fieren!" Seine Stimme erscheint mir laut und übertrieben deutlich.

Der Grieche wirft Lisa einen fragenden Blick zu, den sie weiter an Tobias gibt. Der neigt seinen Kopf ein wenig zur Seite.

Statt auf Willys Ruf zu reagieren beginnt Christos nun über einen Törn im letzten Jahr zu plaudern. Von den tölpelhaften Männern, die an Bord gewesen waren. Jedes Manöver hätten sie verhunzt und wären ständig über ihre eigenen Füße gestolpert.

"Wir haben kaum Fahrt gemacht, wenn der Alte am Ruder stand!", lacht er, "ständig stand der im Wind oder fiel so weit ab, dass ich oft eine Patent-Halse verhindern musste!"

Lisa prustet laut und fordert erst Tobias und dann mich mit ihren Augen auf, mitzulachen. Tobias spitzt den Mund als wolle er pfeifen.

Meine Mundwinkel bleiben unten. Ich finde weder Christos Geschichte witzig noch, dass man den Rudergänger ignoriert.

Der Grieche quasselt einfach weiter: "Und dann der Dicke, der nicht hinter das Steuerrad passte!"

Lisa bekommt einen regelrechten Lachanfall und schnappt krampfhaft nach Luft. Hysterisch japsend, klatscht sie mit den Händen auf die Oberschenkel ihrer beiden Sitznachbarn.

"Wir müssen fieren! So sind wir zu langsam!" Willys Stimme röhrt als käme sie aus einer blechernen Flüstertüte. Ausdruckslos bleibt sein Blick nach vorn gerichtet.

Überholvorgang. Tobias schiebt sein Gesicht näher zu Lisa hin. "Was hast Du gesagt? Es ist so windig, ich kann Dich ja kaum verstehen!" Er beugt sich noch weiter zu ihr herüber und flüstert ihr etwas ins Ohr. Ich verstehe kein Wort. Nicht nur weil es neben unserem Boot laut platscht und knattert.

Lisa scheint es nicht zu bemerken und strahlt nur abwechselnd den Skipper und ihren Joker an.

"Seid ihr bescheuert?", kommt es von der Steuerbordseite. Von dem Boot, das nun neben uns fährt und überholt.

"So kommen wir nie an!", brüllt Heiner verärgert zu uns rüber.

Lisa und ihre zwei Segelcracks sehen ihn lächelnd an und heben grüßend die Hände. Dann ist die Red Pony auch schon vorbei.

Fieren. "Geh, Du mal ans Ruder, Tobias!", befiehlt Christos, "so wird das wohl nichts!" Der Angesprochene erhebt sich, schreitet mit wichtiger Miene zum Heck, setzt dort zu einem Bodycheck an, um den Mann am Ruder zur Seite zu stoßen.

Der macht schnell einen Schritt zur Seite, als habe er es geahnt, hält aber das Ruder fest, bis das Livebelt des anderen an der Reling befestigt ist.

Willy geht nach vorn bis zur Sprayhood, legt seine Hand auf die Klemme mit der Großschot und schaut sich um.

Die Red Pony liegt inzwischen zwei Bootslängen vor der Baltic Bird.

"Na los!", schnauzt Christos, "das Groß fieren!" Sein Blick ist beifallheischend auf Lisa und Tobias gerichtet. Beide nicken ihm aufmunternd zu.

Willy nimmt die Schot, öffnet die Klemme und fiert das Groß ein gutes Stück heraus. Er macht sie wieder fest und geht zwei Schritte zurück zur Winch, um die die Fockschot gewickelt ist.

"Die Fock auch fieren!", befiehlt der Skipper und zieht eine Grimasse. Lisa lacht. Willy lässt auch die Fockschot einige handbreit heraus, bevor er sie wieder belegt.

Grinsend setzt er sich auf die Backskiste, die durch die Krängung etwa einen halben Meter tiefer liegt als unsere Sitzbank.

Christos schenkt dem Mann am Ruder ein anerkennendes Lächeln. "Ja, so geht das. Du bist einfach Klasse, Tobias!" Lisa applaudiert dazu.

Ich spüre ein Kribbeln in meinen Händen. Der Wunsch Christos eine reinzuhauen, wird immer stärker.

Gute Seemannschaft? Habe ich das alles wirklich gesehen und gehört? Oder bilde ich mir das alles nur ein? Was verstehe ich schon von guter Seemannschaft.

Ich schaue auf Willy herunter. Bemerkt er meine Verwirrung? Jedenfalls lächelt er mir aufmunternd zu. Zwinkert mit einem Auge als wäre er mit sich und der Welt zufrieden. Vielleicht habe ich mich doch getäuscht und alles nur falsch verstanden. Trotzdem! Ich stehe auf und setze mich neben Willy auf die tiefe Seite.

"Alles in Ordnung mit Dir?", flüstere ich ihm besorgt ins Ohr. "Ich bin okay. Nichts besonderes!", sagt er leise, "warum fragst Du?" "Na ja?", beginne ich, weiß aber dann nicht weiter. "Mach Dir keine Gedanken!" Er lächelt. "Ich habe genügend Erfahrung!" Meint er damit nur das Segeln?

Ein guter Mann, denke ich nur und schaue zum Heck. Tobias. Was für ein Gockel!

Lisa scheint meine Gedanken gelesen zu haben. "Sana, komm doch hier rüber, auf die hohe Seite." Sie klopft auf den freien Platz neben sich und klingt sehr fürsorglich. "Da unten ist es doch unbequem und Du wirst nass!" Sie sieht mich auffordernd an. "Hier ist doch Platz genug!" Wieder klopft sie auf die Bank.

Hält sie mich für einen Pudel, der auf Kommando Sitz macht? Da gebe ich lieber den Dackel. "Ne, lass mal!"

Ich wende mich ab in Richtung Bug. Wind und Wellen melden sich zurück. Auch Lisa sieht sich um. Besorgt? Sie steht auf. "Es frischt auf. Ich hole die Schwimmwesten!"

Bei ihren letzten Worten ist sie schon am Niedergang. Mein Blick pendelt zwischen den Männern hin und her. Hmh? Willy scheint bei näherem Hinsehen deutlich entspannter als Christos zu sein. Jetzt, ohne Lisa, wird das besonders deutlich.

Tobias schaut immer wieder nervös zu Willy herüber, segelt den Kurs aber einigermaßen sauber.

Willy nimmt ein kleines Notizheft und einen Kugelschreiber aus der Brusttasche seiner Segeljacke, legt es auf seine Knie und schreibt etwas hinein. Er wirkt konzentriert. Bei jeder Welle rutscht der Stift unkontrolliert über das Papier. Die Schrift muss ein einziges Gekrakel sein.

Die misstrauischen Blicke von Christos bemerkt er nicht. Er sieht nicht mal auf, als Lisa mit den Schwimmwesten zurück kommt.

Auch nicht, als sie drei Westen auf die Bank legt und mit der vierten zu Tobias geht. Lachend streift sie ihm den Kragen über den Kopf. Befestigt dann die Bänder um seine Taille. Dazu muss sie um ihn herum greifen, ihn umarmen.

Sie tauschen einen kurzen Blick, dann wendet sie sich mir zu. "Setz Dich hier auf die hohe Seite!" Das klingt nach Anweisung. Ich befolge sie. Sie streift mir eine Weste über den Kopf.

Als sie auch noch die Gurte festbinden will, wehre ich ab. "Lass mal, das mache ich selbst!" Lisa setzt sich neben mich, legt sich die letzte Schwimmweste um und klickt die Gurte zusammen.

Christos hat sich die Weste inzwischen selbst übergezogen und gesichert.

Ich bemerke es erst jetzt. Wind und Welle haben deutlich zugenommen. Der Mann am Ruder kann den Kurs nicht mehr sauber halten. Aus den Spritzern, die über Bord kommen, sind kleine Güsse geworden. Ich spüre einen Anflug von Angst. Auch Tobias wirkt nicht mehr entspannt.

Schwimmwesten. "Willy, geh mal ans Ruder!", brüllt Christos durch den Wind. Der steht auf, geht nach hinten und stellt sich neben Tobias. Der hält den Kurs bis Willy sein Livebelt befestigt hat und das Steuer übernimmt. Dann setzt er sich eilig neben Lisa auf die Backskiste. Seine Erleichterung ist nicht zu übersehen.

Angespannt schaue ich zu Willy herüber. Der verzieht keine Miene. Seine Augen sind nach vorn gerichtet. Ruhig. Ich sehe genauer hin. Ein bisschen Trotz um seinen Mund, der sich langsam in ein leises Lächeln verwandelt. Das Lächeln findet den Weg zu mir und nimmt mir meine kleine Angst.

Erst jetzt bemerke ich es. Er trägt keine Schwimmweste! Meine Wut auf Lisa ist wieder da. Sie hat für alle gesorgt. Nur nicht für Willy. Ich sehe sie vorwurfsvoll an. Sie bemerkte es nicht, denn Tobias redete auf sie ein.

Ich fuchtle mit den Armen durch die Luft, um Willy auf mich aufmerksam zu machen. Er lächelt fragend mich an. Ich zeige auf meine Schwimmweste, auf ihn und dann zum Niedergang. Hat er mich verstanden?

Er deutet auf seinen Kragen, als habe er bereits eine Weste um. Mit einer Hand scheint er sich die Weste über den Kopf zu ziehen und tut so, als werfe er sie über Bord. Grinsend tippt er mit dem Zeigefinger auf sein Lifebelt und hebt den Daumen.

Mir fällt wieder ein, was er mir vor Wochen einmal erklärt hat. "Fest am Schiff zu sein ist wichtig. Nicht über Bord gehen. Schiffe werden viel öfter geborgen als Menschen, die über Bord gehen. Freiwillig oder unfreiwillig!"

Launisches Wetter. Inzwischen ist der Wind wieder abgeflaut. Das Wasser ist aber noch kabbelig.

Ohne den Wind schaukelt das Schiff besonders heftig und macht kaum noch Fahrt. Die Segel flattern laut und der Baum schlägt quietschend hin und her.

"Wir müssen die Fock einholen und den Baum fixieren!" Ein blechernes Röhren vom Heck. Willy!

Christos wirft Tobias einen fragenden Blick zu. Der deutet ein Kopfschütteln an und beugt sich mit Lisa über das Handy-GPS. Offenbar versuchen sie irgendetwas abzulesen oder einzustellen. Das scheint nicht zu klappen, doch ihr Kichern zeigt, dass sie trotzdem ihren Spaß haben.

Willy schraubt das Steuerrad fest, geht in die Mitte des Cockpits und legt die Hand auf die Fockschot. Er zögert. Tobias schubst Lisa lachend mit der Schulter an.

Das scheint Willy auf einen Gedanken zu bringen. Er stellt sich auf den vorderen Teil der Backskiste, hält sich an einem Seitenstag fest und sieht sich um. Wasser und Himmel? "Das habe ich befürchtet!", murmelt er und schaut nach Steuerbord. Ich folge seinem Blick. Dort haben wir ja die Red Pony zuletzt gesehen. Da ist sie, etwa hundert Meter von uns entfernt. Willy lächelt. Nur eine Sekunde. Ich ahne warum. Heiner hat die Segel eingeholt und den Motor angeworfen. Das eben seine Methode.

Willy hält nichts davon. Selbst wenn der Motor bei den Wellen nicht verreckt, hat er gesagt.

Er geht wieder hinter das Steuerrad. "Der Wind dreht. Gleich kachelt es aus Süd. Wir müssen reffen!" Wieder das blecherne Röhren. Der Grieche macht Anstalten aufzustehen. Als Tobias kaum merklich den Kopf schüttelt, bleibt er dann doch sitzen.

Ich überlege einen Moment, ob ich etwas machen soll. Keine Ahnung, wie man ein Reff einlegt. Nein, die werden mir schon sagen, was ich tun muss.

Böig. Willy verlässt den Ruderstand, geht nach vorn zur Sprayhood und öffnet die Klemme für das Groß. Dann dreht er zur Winch herum und löst die Fockschot.

"Was soll das?", brüllt Christos, "bist Du bescheuert?" Auch ich bin irritiert und sehe Lisa an. Die schaut zum Bug als wolle sie nichts mehr mit uns zu tun haben.

Willy sitzt bereits wieder hinter dem Steuerrad und macht sein Livebelt fest.

Der Grieche steht wütend auf und macht einen Schritt auf ihn zu. Dann schleudert es ihn wieder zurück auf die Bank.

Die erste Böe ist eingefallen. Aus Südsüdwest. Das Boot krängt ruckartig nach Backbord. Bevor es sich wieder aufrichten kann schlägt schon die nächste Böe ein und drückt die Segel herunter.

Es kommen weitere Böen. Sie werden härter. Der Wind frischt rasend schnell auf.

"Livebelts festmachen, sofort!", röhrt es vom Heck. Willy!

Der Grieche klickt hastig sein Livebelt in die Öse an der Bank. Tobias und ich machen es ihm nach. Lisa rührt sich nicht.

Kurzentschlossen hakt Christos auch den Karabiner von Lisas Livebelt in dieselbe Öse.

Ängstlich richte ich meinen Blick erst auf den Mann am Ruder und dann zu Lisa, die eine besorgte Miene zeigt. Tobias hat die Lippen aufeinander gepresst und die Augen geschlossen.

Gekrängt. Der Wind krängt das Boot weiter nach unten. Nach der nächsten Böe liegen die Segel auf dem Wasser. Der Bug dreht Richtung Süden. Sind wir gekentert?

Ich höre einen lauten Schrei, als ich auf den Boden des Cockpits rolle und stoße mit jemandem zusammen, den ich nicht sehen kann. Ein Ellbogen rammt gegen meine Hüfte. Dann liege ich im Cockpit auf der tiefen Seite.

Es ist weniger Wind hier unten, aber dafür ziemlich nass. Das Wasser gluckert an meinem Segelanzug vorbei zum Heck.

Ich schiebe meine Kapuze ein Stück hoch, sehe Tobias und Lisa halb neben, halb auf mir liegen. Christos sitzt weit nach außen gelehnt auf der beinahe senkrechten Backskiste und hält sich mit beiden Händen an der Seitenstag fest.

Willy dreht das Steuerrad bis zum Anschlag und dann ein kleines Stück zurück.

Eine große Welle hebt das Schiff der mächtigen Wolke entgegen, die ihre schwarze Faust drohend gegen uns richtet.

Das nächste Wellental reißt den Schiffsrumpf so schnell nach unten, dass der Mast ein Stück in der Luft hängt. Eine Orkanböe kracht in die Segel und stößt den Mast noch weiter hoch. Die Stagen

beben, quietschen ohrenbetäubend laut und kündigen ihr Bersten an.

Willy dreht rasend schnell das Ruder zurück bis die nächste Böe einschlägt und das Schiff vor den Sturm schleudert. Der Mast schwankt bedrohlich, die Segel knallen und der Baum schlägt wie ein Vorschlaghammer gegen die Seitenstagen.

Eine weitere lange Böe will das Groß zerfetzen und wirft das ganze Boot nach vorn, wirbelt es wie einen Schmetterling durch die Luft.

Ein wilder Ritt. Das Steuerrad schlägt hin und her, will sich mit Macht aus Willys Händen befreien oder ihm gleich die Arme ausreißen.

Mit aller Kraft hält er dagegen, so das es nur heftig zuckt. Willy beißt die Zähne aufeinander. Ich kann sie sehen.

Jetzt nicht mehr. Die Kapuze ist mir über die Augen gerutscht. Ich hebe sie wieder an. Lisa und Tobias liegen noch neben mir, immerhin nicht mehr auf mir.

Wieder schlägt eine Böe ein. Die ist lang und schiebt das Schiff vorwärts. Willys Hände sind am Ruder festgewachsen. Sie fliegen hin und her.

Der Bug dreht Richtung Ost, so dass Wind und Welle nun von hinten kommen. Noch eine Böe, und noch eine. Das Schiff macht einen kurzen Satz nach vorn, dann die nächste, die schon länger sind. Es ist als sitze ich auf einem galoppierenden Pferd.

Das Boot nimmt Fahrt auf. Gemessen am Wind, der uns um die Ohren pfeift, sind wir lächerlich langsam. "Nur mit genügend Fahrt ist man sicher!", hat Willy mir einmal erklärt.

Er versucht nun einen raumen Kurs zu steuern. Kann ihn auch ungefähr halten. Wir nehmen weiter Fahrt auf. Das sollte mich eigentlich beruhigen.

Aber der Wind peitscht das Schiff nun immer schneller voran, als wolle er das letzte aus ihm herausholen. Die ganze Takelage bebt und ächzt erbärmlich.

Die Baltic Bird ist nun zum Schlachtross des Poseidon geworden, das uns wütend herumschleudert und abwerfen will. Und das laute Tosen kündigt an, dass der Gott des Meeres sein nächstes Opfer holen wird.

Unser Ruder? Zügel aus Eisen, die sich einen gnadenlosen Kampf mit Willy liefern. Seine Hände verschwimmen vor meinen Augen bis ich nur noch das Weiß seiner Knöchel sehe.

Mir wird Angst und Bange. Sein fahles Gesicht. Er ist ja nicht mehr der jüngste. Wie lange wird der alte Mann das wilde Schlachtross noch zügeln können?

Fliegende Fahnen. Ich krabble wieder hoch. Lisa und Tobias sitzen bereits neben Christos. Erst als ich Platz genommen habe kommt sie zu mir. Die Panik und erzählt mir wahre Schauergeschichten während sie mit scharfen Klingen die Eingeweide in meinem Unterleib zerschneide.

Ich schaue wieder nach vorne. Die Fockschot schleift hart durchs Wasser als würde sie Kiel geholt. Unser Vorsegel flattert dem Schiff in voller Länge voraus. Eine riesige Fahne, die fliegend mit uns untergeht.

Logbuch der Red Pony		
13. April....	Astypalaia – Kos	Karlheinz

Schaukelei, elend. Bei dem Seegang unter Motor fahren ist zum Kotzen. Im wahrsten Sinne des Wortes! Ich wäre jetzt lieber bei Willy an Bord. Nicht nur wegen Sana. Auf der Baltic Bird ist es sicher angenehmer. Ein Schiff unter Segeln passt sich angeblich ja Wind und Wellen viel besser an.

Aber unser Skipper ist nicht William Bligh und ich bin auch kein Meuterer von der Bounty. Also motoren wir weiterhin die Wellenberge hoch und runter, wie Heiner es bestimmt hat. Hoffentlich nicht mehr allzu lange.

Okay! Vor ein paar Stunden habe ich das natürlich anders gesehen. Da bin ich froh gewesen, dass Heiner die Segel weggenommen hat. Vor allem als die Baltic Bird beinahe gekentert ist. Na gut, wir sind in diesem Moment schon hundert Meter vor ihr gewesen. Vielleicht hat es ja nur so ausgesehen.

Und jetzt? Sie liegt zwar immer noch hinter uns, ist jetzt aber deutlich schneller als wir. Die Baltic Bird rast förmlich auf uns zu.

Ich mag mir gar nicht vorstellen, was die für einen Druck auf dem Ruder haben. Das hält niemand lange aus.

Na ja, zum Glück sind mit Christos, Willy und wohl auch Tobias gleich drei gute Segler an Bord, so dass sie sich abwechseln können.

Und sie haben sicher nicht diese absurde Schaukelei, wie wir auf der Red Pony. Die Schwankungen und Ausschläge sind kaum berechenbar, denn die Wellen kommen von allen Seiten. Wir können froh sein, wenn es nur bei blauen Flecken bleibt.

„Wir lassen sie noch vorbei, dann setzen wir auch die Segel", ruft Heiner mir zu, den Blick auf die Baltic Bird gerichtet, die nur noch hundert Meter hinter uns ist und regelrecht auf uns zuschießt.

Vor der Sprayhood. Aus den Augenwinkeln sehe ich Robin noch einmal unter Deck gehen. Der hat vielleicht Nerven! Da unten ist die Hölle los. Alles fliegt durcheinander oder liegt kreuz und quer auf dem Boden verstreut. Und nicht nur ich habe mein Frühstück da unten wieder heraus lassen müssen.

Dass Robin schnell wieder zurück ist überrascht mich daher nicht. Was er dann macht, dagegen schon. Er kriecht an der Sprayhood vorbei nach vorne. Heiner ruft ihm etwas zu, das ich aber nicht verstehen kann.

Jetzt ist er schon nicht mehr zu sehen. Offenbar hat er sich direkt vor der Sprayhood flach auf dem Deck ausgestreckt. Was soll das denn werden? Heiners Gebrüll wird von Wind und Wasser übertönt.

Die Baltic Bird hat uns fast erreicht und wird gleich dicht an uns vorbei rauschen. Ich sehe bereits die Rücken der vier Gestalten auf der hohen Seite des Bootes.

In ihren Segelanzügen sind sie kaum zu unterscheiden. Trotzdem weiß ich es sofort. Die zweite von links. Das ist Sana!

Was ist das denn? Ein Mann wirft sich auf sie und reißt sie vom Sitz herunter auf den Boden. Willy?

Dann sind die zwei verschwunden. Irritiert schaue ich nach vorn. Auch von Robin ist nichts zu sehen.

Ich weiß nicht, was ich in diesem Augenblick denke. Vielleicht an die Warnung dieses komischen Wissenschaftlers von dem Sana mir erzählt hat. „Hütet Euch vor neuen Freunden!" oder so ähnlich hat sie ihn zitiert.

Jedenfalls lasse ich mich neben die Sprayhood fallen und ziehe mich an der Reling nach vorne.

Zuerst sehe ich nur die Füße, dann auch den Oberkörper und schließlich seinen Kopf. Und die Hand daneben, in er etwas hält. Es dauert einen Moment bis ich erkenne, das es sich um eine Pistole handelt!

Schüsse. Ich habe es fast bis um die Sprayhood herum geschafft, als Robin sich von der Baltic Bird abwendet und mich bemerkt. Er versucht sich herum zudrehen. Das ist flach auf dem Deck liegend und mit der Pistole in der Hand nicht so einfach.

Vor allem weil ich mit beiden Händen mit aller Kraft an seinem rechten Bein ziehe. Er stemmt sich auf die Knie, streckt sich hoch und legt mit der Pistole auf mich an.

Ich lasse mich flach auf den Boden fallen. Plötzlich wechselt unser Schiff abrupt den Kurs, so dass ich mit voller Wucht gegen die Stäbe der Reling knalle. Gleichzeitig höre ich einen Schuss und sehe einen Schatten, der schreiend über mich hinweg fliegt.

Benommen bleibe ich noch einen Moment liegen. Dann krieche zurück ins Cockpit. Heiner sieht mich an und deutet mit dem Kinn nach vorn. Dort hängt nun ein Livebelt über der abgeknickten Reling.

Ich beuge mich weit vor und schaue die Bordwand hinunter. Nur einen kurzen Augenblick. Bevor ich den Kopf wieder zurückziehen kann pfeift eine Kugel an meinem Ohr vorbei.

Schockiert presse ich mich flach aufs Deck und warte bis das Bild verschwunden ist. Das von Robin, der mit seinem Livebelt außen am Schiff hängt und mit einem rasenden Tempo durchs Wasser gezogen wird. Nur Kopf und Schultern noch über der Oberfläche. Und die Hand, die eine Pistole hält.

Ich hieve mich auf die Backskiste und rutsche nach hinten zu Heiner, der am Ruder steht. „Eine Pistole und er schießt!", sage ich so laut ich kann. Er beugt sich zu meinem Ohr herunter. Zu dem guten, an dem keine Kugel vorbei gepfiffen ist.

„Habe die Pistole gesehen. Die Sprayhood ja nicht so hoch. Ich dachte, wer sich festhält kann nicht schießen. Aber dann ist er über die Reling geflogen", brüllt er mir zu. Ich nicke nur. „Das darf doch alles nicht wahr sein!", lese ich von seinen Lippen ab.

Zähe Verhandlung. „Wirf die Pistole herauf! Dann ziehen wir Dich herein!", schreie ich zum x-ten Mal die Bordwand herunter. Heiner und Otto haben es auch schon versucht. Aber unsere Worte sind im wahrsten Sinne des Wortes in den Wind gerufen.

Ich setze noch ein wenig Hoffnung in Manuela. Wie ich von Willy weiß, erreicht sie ihrer unschuldigen Art ja meistens was sie will.

Neugierig versucht sie es vom Heck, von der kleinen Badeplattform aus und schaut um die Ecke. Nur eine Sekunde, dann zieht sie den Kopf zurück und schaut uns entgeistert an.

„Es ist so schrecklich." Sie schnappt nach Luft. „Nur mit dem Kopf über Wasser wird er mit geschleift. Und die Pistole. Er hat auf mich gezielt. Dieser Hass in seinem Blick ist fürchterlich!"

Sie schüttelt den Kopf als könne sie es selbst nicht glauben. „Es ist einfach nur schrecklich!", wiederholt sie. Ich muss ihr recht geben. Der Typ ist mir ja eigentlich egal. Aber so etwas sinnlos grausames geht mir doch an die Nieren.

Man kann sich das eigentlich nicht vorstellen. Wir können es weder hören noch sehen, aber wir wissen, dass kaum mehr als zwei Meter von uns entfernt ein Mensch durch die reißende Strömung geschleppt wird und um sein Leben kämpft.

Heiner: „Was machen wir jetzt!" „Die Polizei einschalten. Also die hier vor Ort!", denke ich laut, „aber wie sollen wir das machen?"

Heiner hat eine Idee. Also fragen wir per Funk herum, an wen wir uns in diesem Fall wenden müssten. Und tatsächlich meldet sich eine Hafenbehörde und gibt uns eine Telefonnummer durch. Die nachfolgenden Handygespräche gestalten sich umständlich, um nicht zu sagen grotesk. Das liegt nicht daran, dass wir sie in englischer Sprache führen, sondern ist in der Problemstellung begründet.

Anfangs verlangt der Beamte von uns, dass wir „den über Bord gegangenen" auf jeden Fall wieder hereinholen. Andernfalls würden wir wegen unterlassener Hilfeleistung belangt.

Dann geht es darum, wer denn die Verantwortung dafür trage, wenn einer von uns dabei erschossen würde. Dafür wäre der ja dann alleine verantwortlich, hieß es zunächst.

Wir fragen den Beamten nach seinem Namen und ob derjenige, der die entsprechende Weisung geben würde, sich wegen der Mittäterschaft an einem Totschlag verantworten müsste.

Es dauert eine ganze Weile bis uns das Ergebnis der Beratung, die darauf hin am anderen Ende der Verbindung stattfindet, mitgeteilt werden kann.

Demnach sollen wir erst etwas unternehmen, wenn Robin die Pistole an Bord geworfen hat. Also warten wir.

Logbuch der Baltic Bird		
13. April ….	Astypalaia – Kos	Sana

Versteinert. Der Segelanzug hat mich auch unten auf dem überfluteten Boden des Cockpits einigermaßen trocken gehalten. Zumindest von außen.

Die Böen kommen nun seltener, doch der Sturm tobt weiter. Es bleibt ein Tanz auf dem Vulkan. Wir sind zu schnell, viel zu schnell. Der Druck aufs Ruder muss unerträglich sein. Wenn wir nur weniger Segel hätten.

Willy bewegt sich seit einiger Zeit nur noch sparsam. Er teilt sich wohl die Kräfte ein; verzichtet auf manche Kurskorrektur, versucht vorauszusehen, wann die nächste Welle das selbst für ihn erledigen wird.

Seine Zähne sind nicht mehr zu sehen, doch sein Gesicht ist grau geworden. Seit Stunden hält er das Ruder. Seine Hände scheinen daran festgewachsen zu sein.

Ich würde Willy ja gerne ablösen. Aber ich bin gerade mal ein paar Stunden bei vier bis fünf Windstärken und einem halben Meter Welle am Ruder gewesen. Bei diesem Sturm und den haushohen Wellen kann der kleinste Fehler das Ende bedeuten. Und meine Angst wird große Fehler machen.

Christos schaut zu Tobias. Der rührt sich nicht. Die feigen Ärsche.

Auch Lisa sitzt da wie gelähmt, die Augen vorwurfsvoll auf Willy gerichtet.

Willy? Der müsste inzwischen völlig ausgekühlt und fertig sein. Kann er Gedanken lesen? Er sieht mich an und schüttelt langsam den Kopf, nimmt für eine Sekunde eine Hand vom Ruder und fährt sich über die Stirn. So als sei ihm zu warm.

Der winzige Moment kostet ihn mehrere Minuten Anstrengung, bis er das Boot wieder auf Kurs gebracht hat.

Er zwinkert mir zu, als habe er einen Scherz gemacht. Dann wird sein Gesicht wieder zu einem grauen Stein.

Ich kuschel mich in den steifen Segelanzug, der mich wie eine Rüstung gegen den feindseligen Sturm schützt. Die schwere Kapuze hängt mir bis über die Nase. Zusammen mit dem hohen Kragen habe ich mein Visier herunter geklappt und schirmt mich ab.

Aber das ist nicht schlimm. Solange ich es alle paar Minuten hochklappen kann und den steinernen Mannes am Ruder sehe.

Ich folge seinem Blick nach den anderen an Bord. Alles scheint in Ordnung zu sein. Na ja Die Gesichtsfarbe der Crew ist ja den Verhältnissen angemessen.

Ein Blick aus den Augenwinkeln zeigt mir, dass die Red Pony immer noch tapfer gegen die Welle motort. Heiners Vierkant-Prinzip.

Reffeinlage „Christos, geh Du mal ans Ruder!", kommandiert der bleiche Tobias schrill, „mach dem Chaos ein Ende!"

Als der Grieche das Ruder erreicht, steht Willy bereits neben dem Steuerrad, hält aber den Kurs, bis der andere übernommen hat. Dann geht er auf dem heftig schwankenden Schiff nach vorn. Wie kann der so ruhig sein?

Er greift nach der Großschot und wirft sich mit seinem ganzen Körper nach hinten. Immer dann wenn durch den Schlingerkurs das Segel flattert. Er wiederholt das mehrfach, bis er die Schot wenige Zentimeter eingeholt hat. Der Baum schlägt nun nicht mehr gegen die Seitenstag.

Nun nimmt er die Leine aus der daneben liegenden Klemme in die Hand. Wieder wirft er sich mit seinem Körper nach hinten. Vorn rollt sich die Fock Stück für Stück ein.

Christos schnauzt in seine Richtung. "Hol endlich die Fock ein!" In diesem Moment ist sie bereits komplett eingerollt.

Willy macht sich an einer Klemme auf der anderen Seite des Niedergangs zu schaffen. Er öffnet zwei Klemmen und reißt an der dickeren der beiden Leinen.

Wieder wirft er sich mit seinem Körper nach hinten. Genau in dem Moment, als das Schiff durch die Wellen geschoben einen Schlenker macht und der Baum für einen Moment fast in der Mitte steht. Er schafft nur ein kleines Stück, bis der Sturm wieder krachend in das Segel einschlägt.

Aber das Groß rutscht Zentimeter für Zentimeter den Mast herunter.

"Los, Du sollst reffen!", schreit der Grieche, nach dem Tobias ihm zugenickt hat. Ich verdrehe die Augen.

Über dem hinteren Teil des Baumes bildet sich eine flatternde Segeltasche. Willy klappt eine Klemme zu, öffnet die Backskiste, holt eine dünne Leine heraus und hangelt sich an das Ende des Baumes. Er klickt sein Livebelt an der Seitenstag fest und streckt sich nach einer Metallöse im Segel. Nach einigen Fehlversuchen erwischt er sie und zieht die dünne Leine durch. Reffbändsel?

Ich halte den Atem an. Enttäuscht sehe ich, dass er das Segel keinen Millimeter in Richtung Baum herunter ziehen kann. Das Bändsel wird in seinen Händen hin und her gerissen.

Er ist erschöpft. Sonst hätte er sich diesen unsinnigen Versuch geschenkt.

Auch der Grieche und Tobias beobachten ihn angespannt. Lisa schaut zum Bug. Was geht bloß in dieser Frau vor?

Willy öffnet die vordere Backskiste und holt eine weitere Leine heraus. Er stellt sich auf die Bank und beugt sich weit vor. Hängt nur noch in seinem Lifebelt mit einer Hand am Achterliek und dem zweiten am Reffauge. Es gelingt ihm, ein Ende der Leine durch die Öse zu schieben. Dann lässt er auch mit der anderen Hand los und greift nach der Leine. Er erwischt sie und hält nun beide Enden, der Leine fest, hat aber keinen Halt mehr.

Ich schreie entsetzt auf. Er stürzt rückwärts in das Cockpit, mildert den Aufprall, in dem er sich an den Enden der Leine festhält.

Ein Blick auf den höhnisch grinsenden Tobias macht mich sprachlos.

Ohne die Leine loszulassen, krabbelt Willy auf allen Vieren zur Mittelklampe und belegt ein Ende der Leine. Das andere Ende wickelt er um die Winch. Er kriecht nach vorne und nimmt aus dem schmalen Halfter am oberen Ende des Niedergangs eine Winchkurbel.

Wieder zurück, steckt er die Kurbel auf die Winch und dreht. Langsam. Mit aller Kraft. Immer nur ein kleines Stück. Das Achterliek und die große Segeltasche senken sich langsam auf den Baum. Einige Minuten später ist die Beule aus dem Segel verschwunden. Der gereffte Teil hängt nun unter dem Baum.

Er greift nach dem Reffbändsel und verknotet es am Ende des Baumes. Obwohl der Druck durch die Leine heraus ist, macht das flatternde Segel es ihm nicht leicht. Aber schließlich ist es geschafft.

Er lässt sich herunter auf die Knie, löst die Enden der Leine erst aus der Winch, dann von der Klampe und legt sie zurück in die Backskiste. Die Winchkurbel lässt er nach kurzem Zögern stecken.

Fasziniert. Ich habe ihn die ganze Zeit über nicht aus den Augen gelassen. Gebannt verfolgte ich jede Bewegung, jeden Handgriff. Ängstlich. Besorgt.

Aber ich war auch fasziniert. Die Anstrengung war manchmal erkennbar. Aber sonst. Er verzog keine Miene. Konzentriert und ruhig in jedem Moment. Manchmal konnte ich ihn aufblitzen sehen. Den eisernen Willen in seinen Augen. Ja, er würde nicht aufgeben, es so oder so zu Ende bringen.

Manchmal verstand ich erst nicht, warum er bestimmte Bewegungen und Handgriffe ausführte. Es kam mir vor, als übe er rituelle Handlungen aus, die ohne jeden Sinn waren. Wie in einem Traum.

Als ich erwache, starre ich überrascht auf das Ergebnis. Die Fock ist weg. Das Großsegel nicht mal mehr halb so groß wie vorher.

Segelhandschuhe. Wir sind nun deutlich schneller als die Red Pony, die weit vor uns immer noch tapfer die Wellenberge hoch motort. Es ist abzusehen, dass wir sie bald einholen werden.

„Nicht schön, aber selten!", murmelt Willy mit Blick auf die Falten im Segel, als er sich neben mich setzt. Er sieht erschöpft aus, seine Hände zittern. Espenlaub!

Plötzlich sind sie da. Die Bilder vom ersten Einsatz mit meinem späteren Ehemann. Ich war den Gangstern in die Hände gefallen.

Die hatten schon entschieden, dass ich die Ankunft des SEK nicht mehr erleben sollte. Und dann kam Karlheinz herein geschlendert und mimte einen harmlosen Passanten. Das gute halbe dutzend finsterer Gestalten schien ihn ebenso wenig zu stören, wie der Stuhl mit der geknebelte Frau in ihrer Mitte. „Ich habe mich wohl verlaufen.Können Sie mir helfen. Wie komme ich denn hier raus?"

Eine Auskunft bekam er nicht, sondern eine gehörige Tracht Prügel. Zwei von den Typen konnte er zwar mit Judo-Griffen abwehren, aber dann hatten sie ihn fest. Umbringen wollten sie ihn wohl erst später. Erst sollte er reden, denn natürlich kauften sie ihm den zufälligen Besucher nicht ab.

Unter ihren Schlägen, Schnitten, Drahtschlingen und brennenden Zigaretten gestand er nach und nach ein, dass er als mein Kollege gekommen war, um sie zu verhaften.

Na ja. Die Schlägertypen hatten jedenfalls ihren Spaß und Karlheinz uns ein wenig Zeit verschafft.

Den Gangstern war das Lachen im Halse stecken geblieben als schließlich das SEK eintraf und mich befreite. Natürlich hatte ich mich sofort auf den Weg zu meinem Retter gemacht. Oder zu dem, was davon noch übrig war; ein Häufchen Elend dessen Hände so sehr zitterten, dass ich sie umfassen und ihn in die Arme nehmen musste.

Das Gesicht von Karlheinz verschwimmt und wird zu Willy. Ich kann nicht verhindern, dass ich mich an ihn drücke.

Meine Tränen machen auch, was sie wollen. Erst als ich ihn los lasse, zeigt er eine Reaktion: "Alles in Ordnung bei Dir?" Ich nicke heftig und hoffe, dass die anderen meinen kleinen Ausbruch nicht mitbekommen haben.

"Nächstes Mal nehmen wir bessere Leute mit!", schnaubt Christos verächtlich. Meine Empörung bereitet sich schon darauf vor zu explodieren, als ihr die Luft heraus gelassen wird.

Ein merkwürdiges Geräusch? Neben mir? Willy! Er lacht. Laut scheppernd. Er wird erst wieder leiser, als ich ihn mit meiner Schulter anstoße. Ich drehe mich zu ihm um. Da grinst er nur noch. "Was ist denn so komisch?", frage ich. Er hebt seine Arme hoch und zeigt mir seine flatternden Hände.

Viele abgeschürfte und blutende Stellen. "Und ich fand es immer albern Segelhandschuhe zu tragen!"

Sein Kinn deutet auf Tobias, der sich mit beiden Händen an der Seitenstag festhält. Seine Handschuhe aus hellem Leder stechen mir jetzt regelrecht ins Auge.

Kleine Löcher. Der Wind kommt inzwischen gleichmäßiger und ist auch ein wenig abgeflaut. Nur noch acht Beauforts, sagt Willy zu mir. Das soll mich wohl beruhigen. Es gelingt ihm auch. Trotz der rasenden Fahrt mit der wir durch das Wasser pflügen.

Ich gehe nach unten, hole den ´Erste Hilfekasten´ und verbinde seine Hände. Er küsst mich auf die Wange.

Hmh? Das hat er noch nie gemacht. Sein Lächeln verschwindet von einer Sekunde auf die andere. Er hebt den Kopf wie ein Raubtier, das eine Gefahr gewittert hat und starrt auf das flatternde Segel.

Ich folge seinem Blick. Nichts besonderes zu sehen. Oder doch? Es ist kaum auszumachen. Ein kleines rundes Loch direkt über dem Baum? Jetzt sind es zwei.

Willy wirft einen Blick über meine Schulter. Dann reißt er mich mit einer heftigen Umarmung von der Backskiste herunter. Wir fallen auf den Boden des Cockpits.

Was ist denn in den gefahren? „Spinnt ihr?", brüllt Christos auch schon. Tobias und Lisa schütteln verständnislos den Kopf.

Willy erhebt sich auf auf die Knie, wendet sein Gesicht nach Steuerbord und schaut über die Reling. Lange.

Schließlich reicht er mir die Hand und zieht mich wieder hoch. „Entschuldige!" Ich lese es von seinen Lippen ab, denn hören kann ich ihn bei diesem Sturm nicht.

Wir setzen uns wieder auf die Backskiste. Ich werfe nun auch einen Blick Richtung Steuerbord. Doch da ist nur die Red Pony, die wir bereits überholt haben. Sie liegt schon mehr als zwei Bootslängen hinter uns.

"Du kannst auch mal ans Ruder gehen!", schnauzt Christos, dem Tobias ein Zeichen gegeben hat. Das durfte doch nicht wahr sein. Nicht schon wieder Willy.

„Ihr faulen, feigen Schweine", knurre ich den Griechen und Tobias an. Die beiden haben mich bei dem Wind natürlich nicht hören können. Schade eigentlich.

Eine Minute später steht Willy schon wieder hinter dem Steuerrad. Nach wie vor werden wir über das Meer gefegt, heben oder senken uns um mehrere Meter und schaukeln erbärmlich..

Mir fällt das Gedicht ein, das mir schon in der Schule eine Gänsehaut gemacht hat.

„Wer ist John Maynard? John Maynard war unser Steuermann. Aus hielt er bis er die Küste gewann......."

Logbuch der Baltic Bird		
13. April....	Kos	Lisa

Eingelaufen. Vor Kap Kritellos flaut der Wind ab. Eine Stunde später erreichen wir ohne weitere Zwischenfälle die Bucht von Kamari.

Wie so oft, wenn eine schwere Wetterlage vorbei gegangen ist, kann ich mir nicht mehr vorstellen, dass es wirklich so heftig gewesen sein soll. Diesmal bin ich sogar sicher, das Ganze nur geträumt zu haben.

Vielleicht liegt es auch daran, dass ich heute, müde und enttäuscht von meinem Mann die Schiffsführung Christos und Tobias überlassen habe. Zum Glück bin ich jetzt nicht mehr ganz so benommen, wie bei unserer Abfahrt.

Vor dem Anlegen müssen wir erst mal Ordnung machen. Nicht nur unten im Salon ist einiges aus den Schränken geflogen und zu Bruch gegangen. Das Zeug in den Backskisten, wie Fender, Bootshaken, Notpinne, Festmacherleinen, ist total verheddert. Einige Winschen, Klampen und die Schrauben der Stagen haben sich gelockert, scheinen aber noch funktionstüchtig zu sein.

An der Kaimauer steht ein Fahrzeug der Polizei und ein Rettungswagen. Die daneben stehenden Beamten werfen uns misstrauische Blicke zu.

Vor allem schauen sie zum Bug unseres Schiffes, wenden sich dann aber schnell zur Einfahrt in die Bucht. Eine andere Yacht kommt zügig auf uns zu. Die Red Pony?

Sie ist es tatsächlich. Ein paar Minuten später liegt sie auch schon neben uns.

Aus unserem „wir gehen mal schnell rüber, nachhören ob alles in Ordnung ist" wird zunächst nichts. Die Polizisten kommen uns zuvor und sperren ab. Lassen nur die Sanitäter durch.

Aber wir sehen auch so, was los ist. Ein lebloser Körper hängt neben dem Schiff. Festgemacht an einem Livebelt, das über der abgerissenen Reling an Bord befestigt ist.

Um wen es sich handelt, ergibt das Ausschlussverfahren, denn übrigen Crew-Mitglieder der Red Pony stehen gut sichtbar an Deck oder auf der Kaimauer.

Leichenstarre. Eine Stunde später sind Polizei und Rettungswagen mit Robins leblosem Körper verschwunden und wir erfahren von den anderen was geschehen war.

Robin ist schon vermutlich schon vor mehr als einer Stunde an Unterkühlung gestorben. Die Leichenstarre ist bereits eingetreten.

Makaber! Als die Polizei ihn geborgen hat, hielt er die Pistole noch in seiner Hand.

Die Crew der Red Pony ist auf der Kaimauer bereits vernommen worden und muss jetzt nur noch mal aufs Polizeirevier, um die Protokolle zu unterschreiben.

Gipsy King. Wir stehen nun mehr als eine Stunde hier auf der Kaimauer, nur unterbrochen von kurzen Besuchen an Bord, um Getränke zu holen oder zur Toilette zu gehen.

Erst jetzt bemerken wir, dass hinter der ausgebauten Kaimauer noch eine Yacht liegt.

Tatsächlich ist es die gesuchte Gipsy King. Manus Griechischkenntnissen sei Dank, erfahren wir von einem Uniformierten der Hafenverwaltung, das sie bereits gestern eingelaufen war. Seit dem hat man die Crew nicht mehr gesehen.

Tragödie. Nach dem wir die Schiffe soweit klar gemacht haben, gehen wir in eine Taverne nicht weit vom Anleger entfernt.

Natürlich sprechen wir erst einmal darüber, wie wir den Tod von Robin erlebt haben. Manuela ist immer noch erschüttert. „Es war einfach nur schrecklich, das mit anzusehen", wiederholt sie ein ums andere Mal.

Ich habe ja nichts davon mitbekommen, also muss ich auch nichts sagen.

Vor allem nicht, dass ich ständig sein freundliches Lächeln vor Augen habe und sein lustig eindringliches Lispeln in den Ohren.

Ja, ich habe einen Freund und Mentor verloren und mir fehlen jetzt die Worte. Vielleicht gut so. Ich traue mich ja kaum es zu denken, aber irgendwie fühle ich mich auch befreit.

Karlheinz und Willy schildern ihre Beobachtungen nur knapp und ohne jede Anteilnahme. So als sei ihnen das Ganze unangenehm oder sie wollten den Ermittlungen nicht vorgreifen.

Oder hielten sie sich zurück, weil sie glaubten einige der hier Anwesenden hätten etwas damit zu tun? Die Blicke, die sie vor allem Tobias und mir zuwerfen, deuten zumindest darauf hin.

Lobhudelei. Dagegen nimmt die Sturmfahrt breiten Raum ein. Notgedrungen höre ich den Schilderungen der Red Pony Crew aufmerksam zu. Heiner lobt Karlheinz und Otto über den grünen Klee, die allerdings meinen, ihr Skipper hätte das meiste alleine gemacht.

Sie zeigen sich beeindruckt, dass Heiner in dem Inferno so ruhig geblieben ist. Und an wie viele Dinge er sogar in dieser Situation noch gedacht hat.

Vor allem hatte er gar nicht erst versucht den Kurs zu halten, sondern war immer nur die Wellenberge hoch gefahren. "Damit man von den seitlichen Wellen nicht umgeworfen werden kann, muss man immer mit ihnen oder gegen sie fahren."

„Das nennt man Vierkantprinzip!", verkündet Karlheinz stolz.

"Heiner hat uns das gezeigt und so konnten wir uns jede Viertelstunde ablösen!", nickt Otto.

"Und Karlheinz und Otto haben immer wieder alles was herumflog festgebunden und da flog ständig etwas herum!", gibt Heiner das Lob zurück.

"Ja, vor allem ich!", kichert Manu, "die haben mich so verschnürt, dass ich mich gar nicht mehr rühren konnte. Ich habe schon befürchtet, dass sie mich wie Odysseus an den Mast binden."

Durchblick. Sana lacht zwar, wie alle anderen auch, aber der Blick, den sie mir zuwirft, ist finster. Wie ein zorniger Racheengel behält sie mich im Auge als warte sie nur darauf ihr Flammenschwert zücken zu können.

Es hätte mich nicht mal überrascht, wenn sich auf ihrem Haupt die Schlangen kringeln würden. Selbst die echte Medusa wäre bei Sanas Anblick wohl zu einem Stein erstarrt.

Obwohl Christos und ich uns nicht abgesprochen haben, halten wir uns vorsichtshalber zurück. Tobias schaut sich verlegen in der Kneipe um, während Willy sich so abwesend gibt, als wäre er bei dem Schlag gar nicht dabei gewesen.

Eigentlich bin ich ganz froh, dass Tobias gleich in den Ort gehen will, um sich mit Hilfe von Christos eine Unterkunft zu suchen.

Die merkwürdige Vertrautheit, die es für kurze Zeit zwischen uns gegeben hat, ist ohnehin verschwunden.

Ich fühle mich auch nicht mehr vernebelt wie in den letzten zwei Tagen, sondern so klar, als sei mein Fenster zur Welt gerade geputzt worden.

Logbuch der Baltic Bird		
14. April....	Kos	Sana

Mordmotive. Unser Besuch auf dem örtlichen Polizeirevier ist recht enttäuschend verlaufen. Obwohl Karlheinz und ich uns als Kollegen aus Deutschland ausweisen konnten, hatten sich die Beamten eher zurückhaltend gezeigt

Anfangs reimten sie sich sogar einen gemeinschaftlichen Mord zusammen. Demnach war Robin über Bord geflohen um einem Anschlag von Karlheinz, Heiner und Manuela zu entgehen. Wäre das Wasser nicht so kalt und der Weg bis in den Hafen so weit gewesen, hätte das ja auch funktionieren können.

Ich kann sie sogar verstehen. Denn wir alle können uns kein Motiv vorstellen, das Robin dazu bewogen haben sollte auf Willy oder mich zu schießen.

Religiöser Fanatismus? Okay? Ich mache mich schon mal über Gott und Allah lustig. Oder hat es damit zu tun, dass ich Augenzeugin eines Mordes bin? Galten die Schüsse vielleicht Willy, um ihn daran zu hindern, gegen die Mafia auszusagen. Dann müsste Robin aber mit den Karlows im Bunde sein.

Wie dem auch sei. Die Karlows werden jedenfalls erst zur Fahndung ausgeschrieben, wenn die hiesige Polizei Rückendeckung aus Athen und von den deutschen Behörden bekommen hat.

No Problem. Wie hat es Willy ausgedrückt? "Die Griechen sind die freundlichsten und hilfsbereitesten Menschen, die mir je begegnet sind. Aber im Verantwortung von sich schieben, halten sie den Weiten-Rekord! Deshalb ist für sie ja kaum etwas ein Problem."

"Und die Türken?", war die amüsierte Gegenfrage meines Mannes gekommen. "Du hast recht!", räumte Willy ein, "aber die sind nicht freundlich. Sieh Dir doch mal den Finsterling an, der sie regiert!"

Nachgehakt. Als wir zu unserem Liegeplatz zurück kommen bin ich jedenfalls alles andere als zufrieden. Dass Lisa vor dem Boot schon auf mich wartet verbessert meine Laune nicht.

Bei ihrem Anblick habe ich wieder unseren gestrigen Höllenritt vor Augen. Sie hat auch danach noch so getan, als wäre nichts gewesen. Ich habe immer noch einen dicken Hals. Denn das, was Christos sich gestern mit Willy geleistet hat, war einfach unterirdisch gewesen. Und sie als Skipper hat das zugelassen, wenn nicht sogar mitgemacht!

Jetzt sehe ich auch Christos, der telefonierend gegen einen Laternenpfahl lehnt. Ich lasse meine verblüffte Freundin stehen und gehe hinüber zu ihm. Als er mich sieht, beendet er hastig das Gespräch.

"Die Wahrheit!", schnauze ich ihn an, "sonst melde ich Deinem Chef Dein Versagen gestern auf dem Schiff!"

„Was habe ich denn mit Robin zu tun. Der war doch gar nicht auf unserem Boot?" Seine Unschuldsmiene ist ein einziger Vorwurf. Hmh? Robin und sein makabres Ende habe ich beinahe vergessen.

„Kein Wunder", hat Willy gemeint, „An so was denkt ja niemand gern!" Dass er mich aus der Schusslinie von Robins Kugeln gerissen hat, tat er verlegen als reine Reflexhandlung ab.

Für Christos ist das wohl die Gelegenheit von seinem eigenen Verhalten abzulenken. Aber so einfach lasse ich ihn nicht davon kommen. „Ich rede von Dir als Skipper!"

Die seglerischen Fachbegriffe, die er mir um die Ohren haut, lenken mich beinahe vom Kern des Pudels ab. Aber ich habe ja meinen Job gelernt. Und so beißt er bei mir auf Granit.

"Tobias hat mir 1000 Euro gegeben, damit ich Willy ein wenig vorführe. Nur ein Spaß", erklärt er mir am Ende Achsel zuckend, als ginge es um eine Schummelei beim Kartenspiel. "Wegen Lisa?", vermute ich. Er nickt.

Gefahrenschätzung. "War das gestern nicht gefährlich als der Wind so plötzlich drehte und zum Sturm wurde?", frage ich weiter. Seine Miene wird ernst. "Und ob!" "Wäre denn etwas passiert, wenn Willy die Segel nicht losgemacht hätte?"

"Na ja, mit viel Glück hätte es nur die Segel zerrissen!" "Und ohne viel Glück?" "Wir wären gekentert!" Seine Stimme ist kaum noch zu hören. "Und Du hast nichts gemacht?", empöre ich mich fassungslos.

"Lisa hat gesagt, das Willy schon einige Stürme erlebt hätte! Das hat den Tobias ja so provoziert." Er schiebt nach: "Ich dachte auch nicht, das es dermaßen heftig würde!"

"Wieso Lisa? Wusste sie denn etwas von Deinem Deal mit Tobias? Oder steckte sie vielleicht sogar dahinter?"

Er schüttelt den Kopf. "Das glaube ich nicht. Aber sie war aus irgendeinem Grund ziemlich sauer auf Willy! Nein, ich weiß nicht warum sie dermaßen neben sich stand!"

Seglerqualitäten. "Hmh? Dann ist Willy wohl ein guter Segler?" Christos lacht laut. "Nein, als Segler ist er ein Dilettant. Okay, einer mit viel Erfahrung. Eventuell vom Jollen segeln. Aber er hat keine Ahnung von den Abläufen auf einer Yacht!"

Ich sehe ihn ungläubig an. "Aber?" Er nickt. "Das verstehe ich ja auch nicht. Es gibt da ja Notfallroutinen, die das Risiko gering halten sollen. Dazu hätte er aber Unterstützung gebraucht. Das geht nur zu zweit. Er hat mich aber nicht gefragt. Sonst hätte ich mitgemacht!" Sein schlechtes Gewissen steht ihm ins Gesicht geschrieben.

"Und Tobias? Selbst wenn er Willy vorführen wollte, in der Lage hätte er doch etwas machen müssen!", lasse ich ihn für den Moment aus der Schusslinie.

Ein leichtes Grinsen zieht sich über sein Gesicht. "Der? Das ist doch nur ein Schönwettersegler mit eingebautem Weltumseglergehabe! Einer, der nichts, aber alles besser kann!" Bei seinen Worten schwingt ein bitterer Unterton mit. Er spricht wohl aus Erfahrung.

„Mag sein, aber was hat das mit unserem gestrigen Törn zu tun?" „Na ja. Tobias wollte sich wichtig machen. Als es dann ernst wurde, war er vor lauter Angst wie gelähmt! Das habe ich leider zu spät erkannt!" Christos scheint das wirklich zu bedauern.

Hmh? Nette Erklärung! Aber ich bin nicht bereit, mich von ihm aufs Abstellgleis führen zu lassen. "Ich glaube Dir kein Wort. Du hast Willy einfach Im Stich gelassen!"

Er weicht meinem Blick aus. "Willy kannte die Standards nicht und hat sich etwas ausgedacht, das er alleine machen konnte!" "Worauf willst Du hinaus?"

Insektenforscher. Er dreht die Innenfläche seiner Hände nach oben. "Es klingt vielleicht komisch. Aber er war nicht wirklich an Bord! Der Typ ist krank!" "So ein Unsinn. Er hat doch da alles gemacht. Im Gegensatz zu Dir!", schnaube ich und winke verächtlich ab.

Ich mache mich auf den Weg zurück zu Lisa und mir so meine Gedanken. Irgendwie hat der feige Christos auch recht. Willy ist zu ruhig gewesen, als um ihn herum das Inferno tobte.

Die Provokationen der drei und die lebensgefährlichen Ereignisse auf dem Schiff, haben ihn völlig kalt gelassen!

Nein, für krank halte ich Willy nicht. Aber diese Kaltblütigkeit! Ein nüchterner Wissenschaftler, der eine Versuchsreihe durchführt und gespannt auf das Ergebnis ist. Welches das sein wird scheint ihm dabei egal zu sein.

Wie hat Lisa ihn mal genannt? Genau! Einen Insektenforscher!

Logbuch der Red Pony		
14. April....	Kos	Willy

Aufgefallen. "Darf ich Dich etwas fragen?" Der Blick, den Sana mir zuwirft, hätte mich warnen sollen. Mein Kopf nickt schneller als ich denken kann.

Sie fällt gleich mit der Tür ins Haus. "Sag mal, der Tag an dem Du mit Lisa und Christos gesegelt bist?" Sie wartet bis ich meine Erinnerung mit einem ´Hmh´ bestätige. "Was war denn da los?" Das klingt harmlos, wenn auch recht allgemein gehalten..

„Du meinst die Sache mit Robin?" „Ja, danke noch mal. Du hast mir wohl das Leben gerettet! Aber das meine ich nicht. Es geht um den Sturm!" Sie sieht mich fragend an.

"Wie meinst Du das?" Die Bilder von der fast gekenterten Yacht sind wieder da. Auch die von Christos, Tobias und Lisa, die mich zum Narren gehalten haben.

"Verkauf mich nicht für dumm?" Sie schüttelt den Kopf. "Ich will wissen, wieso Du Dich so verhalten hast!" „Wovon redest Du?"

"Das weißt Du doch genau. Also? Sonst sage ich Dir nicht, was mit Lisa los ist!", grinst sie ein wenig hinterhältig.

"Mein Verhalten? Was meinst Du genau?", frage ich vorsichtig zurück. Sana: "Du hast Dich während des Sturms durch nichts provozieren lassen. Wie hast Du das geschafft?"

„Du willst jetzt ernsthaft von mir hören, wie es geschafft habe mich lächerlich zu machen?"

Sie schüttelt den Kopf: "Quatsch. Ich meine etwas anderes. Du hast in dem Inferno keinerlei Nerven gezeigt. Wie ist das möglich?"

Hmh? Eine heikle Frage. Besonders, wenn Sana sie stellt. Aber vom Segeln hat sie ja wenig Ahnung: "Erfahrung!"

Sie lacht: „Guter Versuch. Und wie ist die richtige Antwort? Du warst so ruhig, als würdest Du am Schreibtisch sitzen. Du hattest keine Angst!"

Keine Ahnung, warum mich ihre Frage so irritiert. Ist das wirklich so gewesen? Ich versuche mir vorzustellen, wie ich auf Außenstehende gewirkt haben könnte.

"Doch natürlich, wer hätte dabei keine Angst. Hmh? Vielleicht ist es wie mit der Existenz in der Jugend!", höre ich mich sagen.

Wie bin ich denn nun darauf gekommen? Das fragt sie sich offenbar auch. "Wie bitte?" Na ja, so genau weiß ich auch nicht, was ich damit sagen will.

"Als Jugendlicher ist das eigene Ich ja von der Wahrnehmung anderer abhängig!" Das habe ich mal irgendwo gelesen.

Sie sieht mich zweifelnd an. "Du bist doch kein Jugendlicher mehr!" Hmh ja! Das ist nicht von der Hand zu weisen. Meine Antwort hat mich ja selbst überrascht.

"Nein, ich bin sogar alt. Aber wie manche Hobby-Segler bin ich nicht wirklich erwachsen geworden!" Hmh? Da ist vielleicht sogar was Wahres dran.

Ihre Miene braucht einen Moment, um sich für einen Ausdruck zu entscheiden. Es wird ein skeptischer. "Du meinst, die Angst war da, und wir haben sie nur nicht gesehen?"

Was soll ich dazu sagen? Etwas in der Art ist es wohl gewesen. Und es hat mit dem Gehabe der Segler zu tun. Auch und gerade, wenn die Verhältnisse bedrohlich und Furcht einflößend sind, tun wir so, als wäre alles in Ordnung. Wir versuchen dann eine Ruhe auszustrahlen, die wir selbst nicht haben, blenden das Chaos um uns herum aus. Der nächste Handgriff ist dann das einzige was zählt. Und dann der nächste. Bis wir Schritt für Schritt hoffentlich soweit kommen, das unser Boot das Ganze übersteht."

Ja, so könnte es sein. Wir portionieren sozusagen unsere eigene Angst, indem wir das Mögliche machen und hoffen, dass es auch in diesem Fall ausreichen wird.

"So ähnlich! Es ist schwer zu beschreiben!", räume ich also ein.

Neue Wohnung. "Ich weiß!", murmelt sie nachdenklich. Keine Ahnung, was sie damit sagen will. Egal. Ich hoffe das Thema ist damit erledigt und erinnere ich sie an ihr Versprechen. "Wolltest Du mir nicht Lisas Verhalten erklären?"

Sie schaut mich missbilligend an. "Du suchst nach einer neuen Wohnung? Für Dich alleine!"

Was sollte denn das nun wieder? "Ich wohne doch schon seit Monaten allein!" "Weich mir nicht aus! Du weißt ganz genau, was ich meine. Eine neue Wohnung setzt ja wohl den endgültigen Schlussstrich unter eine Beziehung!"

Logbuch der Baltic Bird		
15. April....	Kos	Lisa

Kommissarin Sana. "Ich habe gehört, dass die Karlows direkt nach ihrer Landung in Deutschland festgenommen wurden. In Zusammenarbeit mit den griechischen Behörden konnte ihnen nachgewiesen werden, dass sie auf Ios Plastiksprengstoff und Waffen übernommen haben. Sie bestreiten allerdings, dass sie damit irgendjemandem Schaden zufügen wollten."

Sana verzieht das Gesicht. „Sie wären da ja nur die Kuriere von Robin Faltentiefer gewesen, der sie auch beauftragt hatte, die Red Pony in der Ägäis aufzuspüren. Aber auch Robin würde wohl niemanden ermorden wollen. Sonst hätten sie das ja gar nicht für ihn gemacht."

„Und die Schüsse?" Sie lacht. „Angeblich wollte Robin mich nur erschrecken. Laut BKA ist er wohl ein Salafist. Die sind ja für ihren schwarzen Humor berühmt."

Nichts gegen ihren Sarkasmus, aber: „Na ja, die Gerichte sind dafür bekannt, dass sie bei Zweifeln im Sinne der Angeklagten urteilen."

Sie nickt: „Ohne unsere Beobachtung auf Ios, hätten die Karlows ihren Kopf vielleicht noch aus der Schlinge ziehen können!"

Im Schraubstock. Sana hat auch noch ein anderes Hühnchen zu rupfen. Und zwar mit mir! „Sag mal, in Gegenwart von Tobias warst Du so merkwürdig!" Ihre Stimme klingt wie ein Hammer.

„Hmh ja, so habe ich mich auch gefühlt!", gebe ich zu. „Ach ja? Und warum?" Jetzt bin ich der Nagel, der zitternd in das Holz getrieben wird. „Keine Ahnung, es begann an dem Abend, als wir mit Tobias und Robin auf der Gypsy King saßen! Ich glaube, es hat Robins Lispeln zu tun." Hmh? Was rede ich denn da?

Erstaunt sehe ich, dass Sana nickt. „Du meinst, wie die große Schlange bei Harry Potter. Genau, Parcel." Ich versuche mich zu erinnern. „Kann schon sein. Seine Augen waren auch so schwarz. Ich bin sicher, dass er mir da etwas ins Glas getan hat."

„Und wahrscheinlich später auch noch mal, als er Dir eine Kopfschmerztablette gegeben hat!", bestätigt sie.

Ich bin erleichtert. „Kann sein. Tobias hat mich ja sogar gewarnt. Ich sollte nicht alles annehmen, was von Robin kommt."

Sana ist skeptisch: „Na ja, Robin kann sich nicht mehr wehren." Hmh? Denkt sie, dass ich ihm deshalb alles in die Schuhe schieben will.

Nein doch nicht? Jedenfalls lockert sie ihren Schraubstockblick. „Und jetzt? Bist Du wieder klar?" „Hmh! Ja sicher!" Ich hoffe, dass die peinliche Befragung nun vorbei ist.

Aber es kommt noch schlimmer. "Sag mal, was sollte das gestern auf dem Schiff. Wieso hast Du zugelassen, dass Willy so fertig gemacht wurde. Ausgerechnet von Christos und Tobias. Das war ja wohl unterirdisch. Und auch gefährlich!"

„Na, dass Robin Dich erschießen wollte, konnten wir doch nicht ahnen!", wehre ich ab.

Sie schüttelt den Kopf. „Davon rede ich nicht!" "Ich weiß nicht, was Du meinst!" Ich sehe dem Flugzeug hinterher, das gerade in den wolkenverhangenen Himmel startet. "Lüg mich nicht an. Christos hat zugegeben, dass Tobias ihn dafür bezahlt hat. Tausend Euro! Wusstest Du davon?" „Spinnst Du?"

Sanas lässt nicht locker. "Warum hast Du zugelassen, dass Willy fertig gemacht wird? Los! Raus mit der Sprache!"

Gar nicht so leicht mich an etwas zu erinnern, dass von meiner reißenden Wut weggeschwemmt worden war. "Eigentlich wollte ich das nicht. Aber ich war so sauer auf Willy, dass ich nicht klar denken konnte. Weißt Du, wie lange wir nach dieser Wohnung gesucht haben?"

„Ja und?" "Weißt Du nicht, dass Willy sich bereits nach einer kleineren Wohnung umsieht? Er will aus unserer gemeinsamen Wohnung ausziehen!"

Sie zuckt mit den Achseln. „Ich habe ihn gefragt. Der hofft, dass Du bald wieder zu Hause bist."

„Das soll ich glauben?" „Nicht nötig. Du weißt doch wie er tickt." Sie verzieht ihren Mund. Hmh? Ein halbes Lächeln? Auch meine Mundwinkel gehen hoch. Wenn auch nur ein kleines Stück.

Hmh? Kann man zwei halbe Lächeln eigentlich zu einem ganzen addieren? Na ja, mit Sana schon. Jedenfalls prusten wir jetzt los bis nur noch ein breites Lachen übrig bleibt, das wir uns ehrlich teilen!

Robin-News. Kaum hat Sana ihr Handy wieder verstaut, da sprudelt es aus ihr heraus. „Das war meine Dienststelle. Dieser Robin Faltentiefer ist tatsächlich aktenkundig. Laut der Gewebeprobe seiner Leiche heißt er in Wahrheit Hakan Ibrahim."

Bevor ich meinen ungläubigen Blick in Worte fassen kann, redet sie schon weiter. „Ibrahim wird in mehreren Ländern gesucht. Er wird verdächtigt an einem Attentat beteiligt gewesen zu sein."

Sie schüttelt den Kopf. „Verurteilt wurde er bisher lediglich wegen Urkundenfälschung. Er hat falsche Ausweispapiere für ziemlich üble Typen beschafft. Das ist länger her. Seit dem konnte man ihm nichts mehr nachweisen. Aber er hat sich in anderer Hinsicht einen Ruf erworben." „Mach es nicht so spannend", knurre ich.

Sana nickt. „Er war ein genialer Manipulator und beherrschte alle möglichen Methoden der Suggestion."

Sie verzieht den Mund. „Seine Spezialität war es, die ohnehin vorhandenen Gefühle zu verstärken. Vor allem die negativen."

Hmh? Warum sieht sie mich so mitleidig an?

Ihre Schultern gehen hoch: „Ich habe geahnt. Er setzt seine Opfer auch gern mal unter Drogen, um ihre Wut und Hass zu verstärken und in die gewünschte Richtung lenken zu können."

„Das ist doch Quatsch!"

Sana schüttelt den Kopf. „Ich habe mich schon die ganze Zeit über gefragt, warum Du Dich so lange nicht gemeldet hast. So spannend konnte doch die Buchhaltung der Immobilienfirma gar nicht sein. Oder ging es in Wahrheit um Tobias?"

Lichtgestalten. Hmh? Ich weiß nicht mehr, was ich von Tobias halten soll. Vor fünfzehn Jahren habe ich mir diese Frage nie gestellt. Eine Lichtgestalt wirft ja keinen Schatten. Na gut, bis es dann Knall auf Fall zappenduster wurde und er verschwand.

Kann ein weißer Ritter eigentlich verblassen, so wie früher, wenn der Fernseher schneite und man die hellen Farben kaum noch sehen konnte?

Tobias hat versucht, mich zu beeindrucken. Ausgerechnet bei diesem schweren Sturm. Ich habe ihn noch einmal zur Rede gestellt. "Ja, Du solltest Deinen Übermenschen Willy mal in normaler Größe sehen!", räumte er ein.

Tobias entschuldigte sich gleich mehrfach. Dass wir durch ihn alle in Lebensgefahr geraten waren, hätte er nicht voraussehen können und nicht beabsichtigt. Den Rest dachte ich mir dazu. Nämlich, dass er mitten in dem schrecklichen Inferno genauso viel Schiss gehabt hatte wie ich und nicht mehr wusste, was er machen sollte.

Und Willy? Ja, ich habe ihn gefunden und gewarnt. Er müsste mir dankbar sein. Doch was macht er? Sucht sich einfach eine eigene Wohnung. Ach nein, das stimmt vielleicht gar nicht.

Aber warum hat er sich auf dem Schiff alles gefallen lassen? Hmh? Besonders ernst hat er ja weder Christos noch Tobias genommen. Hat er sich mit seiner stoischen Arroganz nur über uns lustig gemacht?

Jedenfalls war es ihm wieder mal gelungen sich wichtig zu machen und gleichzeitig so tun, als sei er gar nicht da!

Noch etwas ist mir aufgefallen. Als er auf Astypalaia auf dem Steg stand, ist es mir deutlich geworden.

Willy hat mich erst wirklich angesehen, als Tobias unter Deck war. Glaube ich jedenfalls.

Sicher bin ich mir aber bei etwas anderem. Willy ist kein Riese, aber doch ein stattlicher Mann. Sagen andere zumindest. Als ich auf dem Bootsdeck stand habe ihn nur aus den Augenwinkeln angesehen.

Willy war groß, normal groß, wenn er Sana oder Karlheinz anschaute. Etwas größer wurde er, wenn er sich an Robin oder Tobias wandte. Bei meinem Anblick wurde er kleiner und unscheinbar, beinahe unsichtbar.

Richtete er seine Augen auf andere, wurde er wieder größer und präsenter. Das war gut zu sehen, weil er seinen Blick mehrfach hin und her wechselnd auf uns alle richtete. In diesem Wechsel war er groß, klein, weg, wieder da, klein, weg, groß, wieder da. Das habe ich mir doch nicht eingebildet.

Und je weiter er von mir weg ist, um so größer sehe ich ihn! Hmh? In der Kindergeschichte von Michale Ende über Jim Knopf und Lukas den Lokomotivführer gab es doch diesen Herrn Tur Tur. War der nicht auch ein Scheinriese?

Epilog

„Wir sollten den Bericht, so wie er ist, der Staatsanwaltschaft vorlegen. Wenn wir noch mehr herausnehmen fehlen später vielleicht einige Hintergrundinformationen. Die Geschichte ist ja jetzt schon an manchen Stellen nicht leicht zu verstehen."

Wirklich begeistert bin ich von Willys Vorschlag nicht. Meines Erachtens werden die persönlichen Befindlichkeiten darin noch viel zu breit getreten. Vor allem in Bezug auf mich.

Andererseits war das bei den vier einzelnen Protokolle noch deutlich ausgeprägter der Fall. Zum Glück habe ich Willy davon überzeugt, einiges zu kürzen oder streichen. Trotzdem. Es bleibt ein übler Kompromiss, dem ich nur mit großen Bauchschmerzen zustimmen kann.

Die Abstimmung ist ja mühsam genug gewesen, Allein die zeitliche Abfolge zu rekonstruieren war schon ein Kapitel für sich.

Willy: „Einverstanden, wenn Sana und Karlheinz das auch so sehen." Hmh? Die Hoffmanns halten sich zur Zeit in einem netten kleinen Hotel im Hauptort von Kos auf. Ihre "zweite Hochzeitsreise" nennen die beiden es.

Willy und ich sind auch dort einquartiert, wohnen aber natürlich in Einzelzimmern.

Wie nicht anders zu erwarten war, haben die beiden auf Willy und mich eingeredet, doch endlich dieses klärende Gespräch zu führen. Die Taverne, in der wir nun sitzen, bietet dafür wohl einen geeigneten Rahmen.

Nach wir den 'dienstlichen' Teil erledigt haben, sollte es nun um uns beide gehen. Ich bin ein wenig angespannt. Erfahrungsgemäß fallen uns solche Gespräche ja nicht leicht.

Willy antizipiert nämlich gern. Es ist für mich immer noch kaum nachvollziehbar. Aber vor schwierigen Situationen überlegt er sich stets genau, was ihn besonders hart treffen könnte. Vielleicht hatte er ja eine schwere Kindheit oder er schlechte Erfahrungen gemacht. Jedenfalls versucht er sich auf möglichst alles vorzubereiten, um seinem Gegenüber den Wind aus den Segeln zu nehmen.

Das klingt harmlos ist es aber nicht. So auch jetzt. "Ich glaube nicht, das Tobias etwas mit den Verbrechern zu tun hat!", erklärt er mir im Brustton der Überzeugung.

Ziemlich raffiniert. Dass wir auch über Robin sprechen werden liegt auf der Hand. Und der ist gemeinsam mit Tobias angereist. Die Frage, ob und was die beiden miteinander zu tun haben ist also kaum zu vermeiden. Dabei geht mein Mann natürlich davon aus, dass ich Tobias gegen unbewiesenen Verdächtigungen in Schutz nehmen werde.

Tja. Willy weiß eben ganz genau, dass Worte, die einem aus dem Mund genommen wurden, ein für alle Mal verbraucht sind.

Ich schlucke meinen Ärger herunter und versuche die Ruhe zu bewahren. Das gelingt mir nicht ganz. "Du hast trotzdem etwas gegen ihn!"

Er scheint ernsthaft darüber nachzudenken und antwortet erst nach einer kleinen Weile. "Nicht gegen ihn! Nur gegen das, was in seiner Gegenwart anders ist!" Ich bin nicht wirklich überrascht. "Du meinst mich? Du hast etwas gegen mich!"

"Ich glaube, Du bist eigentlich schwer in Ordnung!" Den üblichen Anflug von Ironie in seiner Miene suche ich vergebens. Er meint es wohl ernst.

Oder will er nur der Tretmine aus dem Weg gehen, die ich für ihn bin? Na gut, er hat es ja nicht anders gewollt: "Das kann man von Dir ja wohl nicht sagen!"

Er verzieht das Gesicht: „Sana glaubt ja, dass Du mich in unserer Beziehung grundsätzlich mit negativen Vorzeichen versiehst. Das für Tobias ist für Dich ja grundsätzlich positiv." „So ein Quatsch."

Willy: „Dafür gibt es sogar einen psychologischen Fachbegriff. Den habe ich aber vergessen. Wenn Gefühle im Spiel sind, wird es schwierig."

„Deshalb gehst Du ihnen ja lieber aus dem Weg", spotte ich. Er grinst. „Das ist jedenfalls leichter, als sie wieder los zu werden." „Du musst es ja wissen!"

Ich habe es geahnt. Nun kommt, was immer kommt, wenn es persönlich wird; er flüchtet sich ins Grundsätzliche. Na ja, wenn ich unser Gespräch nicht jetzt schon abwürgen will, muss ich mir das wohl an tun.

Also lasse ich zu, dass er wieder mal doziert statt mir mir zu reden. Er steigt mit wissenschaftlichen Erkenntnissen ein, die meines Erachtens Banalitäten sind.

Demnach sind Gefühle nur Emotionen, die uns bewusst werden. Sie wären im Laufe der Evolution als automatische Reaktion auf bestimmte Reize entstanden; als eine unbewusste Informationsverarbeitung, die dazu diene den Körper in einem biologisch guten Zustand zu halten. Um am zu Leben bleiben und sich fortpflanzen zu können, ermöglichten sie rasches Handeln ohne nachzudenken.

„Ohne nachzudenken? Wahrscheinlich nur die Wahl zwischen Zuschlagen und Weglaufen. Oder beides in dieser Reihenfolge!"

Er nickt. „Das ist noch heute so. Aber es ist noch komplizierter. Emotionen entscheiden nämlich nach dem Lustprinzip." „Wie bitte?"

Willy: „Na ja, wenn sie angenehm sind ist alles in Ordnung, andernfalls ist Gefahr im Verzug." „Aha."

„Erst wenn uns die Emotionen bewusst sind, haben wir eine Chance zu entscheiden, ob wir ihnen nachgeben oder nicht. Es ist aber sehr schwer sich gegen sie zu wehren."

„Dazu braucht es wohl Reflexion und Willensstärke?", vermute ich. „Genau. In der jahrtausendelangen Fortentwicklung sind die Gefühle ja immer differenzierter geworden. Wut, Angst, Misstrauen, Hass, Trauer, Liebe, Freude und die anderen Emotionen werden durch spezielle Signale erzeugt, Impulse, die man als entsprechendes Gefühl wahrnimmt." "Ist wohl ein ziemliches Durcheinander?", grinse ich.

Er bleibt ernst: „Letztlich signalisiert uns das Unterbewusstsein nur das Ergebnis eines Vergleichs zwischen dem aktuellen Fall und unseren Erfahrungen." „Du meinst, was der Bauer nicht kennt....?"

„So ähnlich. Das Problem liegt darin, dass rationales Denken ja analytisch arbeitet und viele Ressourcen erfordert."

„Analytisch?" „Na ja, es wird alles in überschaubare Teilaspekte zerlegt. Das reduziert die Komplexität und es kann vom Einzelfall abstrahiert werden." „Na prima."

„Gefühle beziehen sich dagegen nur auf den konkreten Fall. Und zwar ganzheitlich. Alles wird in einem gesehen. Das verhindert dann das analytische Denken. Dafür sind Emotionen sehr schnell, entscheiden intuitiv, verzichten dafür auf die Farbabstufungen. Es gibt nur schwarz und weiß."

„Aus schwarz und weiß mischt man grau. Wieso kommt dann bei den meisten braun heraus?", kann ich mir nicht verkneifen.

Seine Mundwinkel fallen herunter. „Negative Emotionen sind eben viel intensiver als positive. In Stresssituationen verstärkt sich der Effekt und schwächt das rationale Denken noch weiter. Und für unsere Emotionen bedeutet alles Neue erst mal Stress?"

„Okay?"

„Das bedeutet, dass dann die Entscheidung meist zu Gunsten der Angst ausfällt und das rationale Denken ausschaltet."

„Klingt übel!" „Mehr als das? Summa summarum sind die Gefühle heute als eine Art historisch oder genetisch verursachter Defekt anzusehen." Ich verdrehe die Augen.

Er seufzt: „Das, was vor Jahrtausenden unserer Lebenserhaltung gedient hat, stellt heute eine Gefahr für Existenz der Menschheit und unserer Planeten dar."

Okay? Sind wir jetzt fertig? Oder lässt er mir nur eine Atempause? Hmh? Weshalb sitzen wir noch mal hier? Ach ja: „Du willst damit aber nicht sagen, dass wir mit unseren Beziehungsproblemen für den Weltuntergang verantwortlich sind?"

Willy lacht. „Nein, aber ohne Frage sind Emotionen Ursache unserer Beziehungsprobleme." Hmh? Was soll ich dazu sagen? Wo er recht hat, hat er recht.

Er ist natürlich noch nicht fertig: „Oder glaubst Du wirklich, dass das Verhältnis zwischen Subjekten durch objektive Fakten geprägt ist?"

„Weil die Liebe blind macht?" Er nickt und schweift gleich wieder ab. „Klar, starke Emotionen beeinträchtigen das Seh-, Hör- und Denkvermögen!"

Allmählich reicht es mir: „Und was fange ich jetzt mit dieser tollen Erkenntnis an?"

„Wenn Du Deine Emotionen kontrollieren willst solltest Du sie erst mal verstehen und ihren Ursprung finden." „Aha. Und wie mache ich das?"

Hätte ich doch nur den Mund gehalten. Nun doziert er auch noch darüber, welche Erkenntnisse die Wissenschaft aufzuweisen hat.

Das Auftreten von Emotionen hänge demnach zunächst vom Temperament der betreffenden Person ab. Und dann von der jeweiligen Stimmungslage.

Beides zusammen beeinflusse sowohl die Entstehung als auch die Dauer und Stärke der Emotionen. „Du musst erst mal Deine Stimmung kennen, wenn Du Deine Gefühle verstehen und falls erforderlich kontrollieren willst."

Statt sich nun auf unsere Beziehung zu konzentrieren, driftet er noch weiter ab. „Da muss ich ein wenig ausholen."

Er wertet meine entgeisterte Miene als Zustimmung und erzählt mir etwas über die sogenannte 'Emotionsregulation'.

Die ziele darauf ab, die Art, Intensität und Dauer von Gefühlen zu beeinflussen.

„Laut James J. Gross wird zwischen mehreren Entwicklungsschritten unterschieden; Auswahl, Veränderung, Lenkung der Aufmerksamkeit und Bewertung der Situation."

Diese vier Phasen gehörten zu einer antezendenzfokussierten Emotionsregulationsmethode. Dagegen setzte die Responsefokussierte Modellierung erst ein, wenn bereits eine vollständig entwickelte Emotion vorhanden ist.

Kaum zu glauben. Selbst bei den schlimmsten Wortungeheuern verzieht er keine Miene. Ist das wirklich sein ernst oder will er mich veräppeln?

Mal sehen: „Und wenn ich die Entwicklung gar nicht erkenne oder sie bereits für vollständig entwickelt halte, obwohl ich noch bei der Auswahl sein müsste?"

„Ja, das kann vorkommen. Deshalb brauchen wir auch die sogenannte 'progressive Abstraktion'", bestätigt er und erklärt mir auch was es damit auf sich hat.

Kurz gesagt, soll bei dieser Methode durch eine zunehmende gedankliche und emotionale Entfernung vom konkreten Problem, also durch die Veränderung der Perspektive, eine geeignete Lösung gefunden werden.

Hmh? Ohne sie zu kennen habe ich diese Methode manchmal schon angewendet. Allerdings abstrahierte ich dann meist so weit, bis mich das Problem nicht mehr tangierte.

Wenn es früher zu ernsten Spannungen mit meinem Partner gekommen war, machte ich die Beziehung selbst als Ursache aus und beendete sie. Na gut, meistens war mein Freund mir dabei zu vor gekommen.

Willy: „Das ist ohne die Kreativitätstechnik für Gruppen von 'Edward de Bono' kaum zu schaffen. Von den farbigen Denkhüten hast Du sicher schon gehört."

Ich bewege meinen Kopf so, dass er selbst entscheiden kann, ob ich nicke oder verneine. Er erklärt es mir ja sowieso.

„Dabei steht ja jede Farbe für eine Denkweise oder Perspektive. Also weiß für analytisch, rot für emotional, schwarz für pessimistisch, gelb für optimistisch, grün für kreativ und blau für Ordnung."

„Ja, das kenne ich natürlich", lüge ich und ergänze: „Ich bin aber keine Gruppe. Da nützen mir auch die Hütchen nichts."

„Das mit den Hüten hat mich auf eine Idee gebracht. Wenn ich als Einzelperson die Methode von 'de Bono' anwenden will muss ich mich in kurzer Zeit auf die Sichtweise einstellen, die zur der Hutfarbe passt."

„Wie soll das denn gehen." „Darüber habe ich lange darüber nachgedacht. Schließlich bin ich darauf gekommen, dass ich mir nur die richtigen Fragen stellen muss", erklärt er selbstgefällig und legt los.

Ein Problem neige bekanntlich dazu auf alle möglichen Nebenschauplätze auszustrahlen, die mit dem Kern der Sache nur wenig zu tun haben. Das lenke von der eigentlichen Ursache ab. Die erste Frage soll daher feststellen, was jemandem am meisten zu schaffen macht. Also was für ihn besonders 'bitter' ist.

Des weiteren führe eine Stimmung – negativ wie positiv – zu einer entsprechend eingefärbten Wahrnehmung, die zu ihr passende Informationen überbewertet und die anderen aus blendet.

Bei der zweiten Frage ginge es also darum, die Information oder Erinnerung zu dem Sachverhalt präzise zu hinterfragen. Also was ist 'genau' geschehen.

Ausgehend von dem Grundgedanken der Tragik-Komödie kann man beinahe jedem dramatischen Ereignis auch eine andere Seite abgewinnen. Das soll die Lockerung des Problemknotens und einen Perspektivwechsel erleichtern. Die dritte Frage gilt also möglichen albernen, skurrilen oder gar heiteren Aspekten. Wenn es also nicht dermaßen traurig wäre; was könnte daran 'komisch' sein.

In einer negativen Stimmung handeln Betroffene oft emotional und verschärfen das Problem, statt Schadensbegrenzung zu betreiben. Ebenso wichtig, wie den genauen Sachverhalt zu prüfen, wäre es nach einer Lösung zu suchen. „Also, was könnte dafür 'hilfreich' sein?"

Für die fünfte Frage habe er am längsten gebraucht und sie nur widerwillig akzeptiert. Aber ohne sie funktioniere das Ganze nicht. Manchmal wird ein Problem nicht angegangen und verschleppt, weil der absolute Tiefpunkt der Stimmung noch nicht erreicht war. „Damit das Ganze nicht chronisch wird, muss es mich erst noch weiter herunter ziehen. Es sollte demnach etwas sein, das mich sehr hart trifft. Also was würde ich als besonders 'gemein' empfinden?"

Ich verdrehe die Augen. „Und das Ganze funktioniert?" „Na ja, einfach ist das nicht. Man muss das lange üben. Solange bis man die Fragen nicht mehr überlegt, sondern nur noch an ein Stichwort denken muss. So als hätte man ihnen Namen gegeben. Bei mir heißen sie Genau, Bitter, Komisch, Hilfreich und Gemein."

„Und wie habe ich mir das vorzustellen?" „Na ja. So als würdest Du ein Gespräch mit den Fünfen führen. Mit Dir seid ihr dann zu sechst. Wie bei 'de Bono'."

Hmh? Wieder mal hat er aus blühendem Unsinn einen schönen Strauß geflochten. Ich halte aber den Mund. Mir fehlen ohnehin die Worte.

Willy lacht. „Um das Gespräch in Gang zu bringen braucht man natürlich ein Problem. Eine solche Ausgangslage lässt sich ja leicht schaffen. Da kennst Du Dich ja aus."

Bevor ich ihm die passende Antwort geben kann, redet er schon weiter. „Idealerweise sollte man versuchen, die Stimmungen zu verstärken. Am wirksamsten ist der Einsatz einer bestimmten Menge Alkohol. Nach meinen Erfahrungen reichen sieben bis acht Bier, eine Flasche Wein oder drei bis vier Schnäpse. Es funktioniert aber auch, wenn ich die Getränke kombiniere."

Der nimmt mich doch auf den Arm. „Ach ja?" „Sicher. Man darf nur nicht zu viel trinken. Dann kann es vorkommen, dass eine Stimmung das Ganze an sich reißt. „Du spinnst doch."

„Nein, das sind die Stimmungen. Sie haben zwar oft gute Ideen, geben aber auch schon mal puren Unsinn von sich. Das ist kaum zu verhindern, denn bewusste Steuerung oder ein Filter hält mich ja in meiner Grundstimmung fest."

Ich verdrehe die Augen. „Ja, das wäre ziemlich bitter?" „Schon. Aber 'Bitter' und 'Gemein' haben sich auch als nützlich erwiesen. Keine Ahnung warum. Vielleicht provozieren sie den Widerspruch der anderen oder stumpfen ab."

Er referiert nun über die Fragen, als wären sie ein Berater-Team oder seine guten Kumpels. Ihre Herangehensweise wäre ja sehr unterschiedlich.

Am leichtesten machte es ihm 'Bitters' pessimistische Sichtweise. Der hätte vermutlich alle von ihm beschriebenen Vorgänge bestätigt.

Willy: „'Komisch' und 'Gemein' legen sich ebenfalls schnell fest, schießen aber manchmal über das Ziel hinaus. Und so gibt es lange Diskussionen über einzelne Aspekte, sogar über die Formulierungen des Ergebnisses. 'Genau' macht seinem Namen alle Ehre und hinterfragt eigentlich alles was ich sage. Nach dem Motto: 'Du hast alle Informationen gefiltert. Dein Gedächtnis entscheidet jedes Mal, es etwas wichtig ist oder nicht. Aufgrund Deiner Erfahrungen werden Deine Erinnerungen selektiert. Vielleicht weißt Du ja selbst nicht mehr, was Du alles gelöscht hast. Sonst müsste es ja auch widersprüchliche Beobachtungen geben. Hast Du auch etwas ergänzt? Etwas das zu früheren Erlebnissen passte? Irgendwelche Phantasien? Hast Du das Geschehen etwa strukturiert, kategorisiert oder generalisiert? Inwieweit haben negative Erwartungen Deine Sichtweise bestimmt."

Erstaunlich, dass es mir jetzt erst auffällt. Willy beklagt sich über diesen Genau. Dabei macht der doch nur das mit ihm, was er sonst immer mit mir macht.

„Das klingt ja schrecklich. Wie hast Du das nur ausgehalten?", spotte ich.

Er winkt ab. „Ach, ich würde mich dadurch eigentlich nicht von meiner Auffassung abbringen lassen. Na ja, wenn dieser 'Hilfreich' nicht wäre." Hmh? Eine überraschende Wende. „Wie das?"

„Na, der hört sich meine Antworten höflich an, stellt dann aber dar, wie ich das Problem hätte vermeiden, entschärfen oder sogar lösen können."

Jetzt habe ich verstanden was er vor hat. Von hinten durch die Brust ins Auge. Er will, das ich mir überlege, was ich hätte besser machen können.

Klar, hätte ich damals Willy die Meinung geigen können statt mit Tobias abzuhauen. Oder bei unserem Zusammentreffen mit meinem Mann zu reden statt mich in meine Wut auf ihn zu stürzen.

So oder so ähnlich hat Willy sich das wohl gedacht. Das könnte ihm so passen.. „Und das findest Du auch noch gut?"

Er bleibt allgemein: „Es ist viel zu leicht leicht, die Deutungshoheit über die eigenen Beobachtungen abzugeben und sie den Stimmungen zu überlassen."

Sein Gesicht verzieht sich vorwurfsvoll: „Vor allem, wenn man von dem, für den man starke Gefühle hat, erst verlassen und dann gerettet wird."

Ausgerechnet er, der keinerlei Ahnung von Gefühlen hat, will sie mir erklären. „Wovon redest Du überhaupt?"

"Na ja, Du hast immerhin heraus gefunden, wo ich bin und mich vor den Karlows gewarnt. Ganz schön mutig!"

Glaubt er ernsthaft, dass ich seine Vorhaltungen und Ausreden schlucke, wenn er sie in so eine Schmier lappige Lobhudelei verpackt?

Eigentlich will ich Willy nur den Spiegel vorhalten, aber dann gehen mir die Gäule durch und ich haue ihn ihm doch lieber um die Ohren. "Und jetzt willst Du unsere Wohnung aufgeben! Das ist wohl auch mutig!"

Sichtlich irritiert brummelt er in seinen Dreitagebart: "Daran habe ich noch gar nicht gedacht!" Na gut, das hat Sana mir ja auch gesagt.

"Weil Du dafür viel zu bequem bist!", stelle ich belustigt fest. "Mag sein! Aber ich habe ja gehofft, dass Du zurückkommst!" Er verzieht sein Gesicht zu einer Grimasse, die alles mögliche bedeuten kann. Will er sehen, ob sein Vortrag über Gefühle ihre Wirkung zeigt?

Hmh? Manche mögen ja seine großzügige Art. Aber einfach über meine Fehler hinwegzusehen und nur meine Heldentaten hervorzuheben?

Natürlich kenne ich seine Tricks. Er ist wie üblich der gutmütige Held, der mit allem fertig wird. Und ich bin wieder der Drache, der je nach Bedarf rachsüchtig oder kleinkrämerisch ist.

Aber was er kann, kann ich auch. "Kommen wir zu Dir. Auf Dich kann man sich einfach nicht verlassen!"

Er sieht mich fragend an. „Als uns der Sturm auf der Baltic Bird überrascht hat, warst Du ja ein Totalausfall!", sage ich 'bitter' und habe das Bild von Willy vor mir, wie er sich über Tobias und mich lustig macht. Und davon, dass er mich auf der Sturmfahrt einfach ignoriert hat. Überhaupt die ganze Crew. So als käme er am besten alleine zu recht.

'Komisch' fand ich eigentlich nur, als Willy sich beim Reffen auf die Nase gelegt hat und auf allen Vieren durchs Cockpit kriechen musste. 'Genau' meinte dagegen, dass Sana sich auf seine Seite schlug und seine Stümperei auch noch als Heldentat feierte.

"Da hast Du Recht. Gut, dass Tobias an Bord war!", gibt er sich zerknirscht. "Ja, und er hat Christos schon vorher eine Prämie versprochen, damit er Deine ganzen Fehler ausbügelt!", lege ich nach.

"Hat er ja dann auch gemacht! Manchmal ist Geld ja ganz hilfreich!", gibt er zu. Hmh? Macht er sich lustig über mich.

"Du hast mir doch selbst gesagt, dass Du als Beamter das Gelübde der ewigen Armut abgelegt hast!", zitiere ich ihn.

Er senkt den Blick: "Da hast Du recht! Ich kann dem Schicksal nicht genug danken, dass Du trotzdem so lange bei mir geblieben bist! Ich hatte ja gehofft, dass wir zusammen passen, weil sich unsere Komplexe nicht in die Quere kommen."

„Komplexe?", grinse ich 'gemein': "Es ist doch Fakt, dass Du nur ein armer Schlucker bist."

Seine Gesichtszüge entgleisen schneller als er die Notbremse ziehen kann. "Kein schönes Gefühl. Aber nicht ganz neu!", brummt er resigniert.

"Gefühl? So etwas kennst Du doch gar nicht! Dagegen bist Du doch härter beschichtet als Teflonpfannen gegen Anbrennen!" Hmh? Vielleicht wäre es 'hilfreich' gewesen ihm das schon viel früher zu sagen.

Darüber denkt er wohl erst nach und antwortet nur zögernd. "Na ja, Gefühle sind eine Einbahnstraße. Zu eng, um einfach darin zu wenden!"

"Und deshalb bleibst Du immer auf der Hauptstraße und traust Dich nicht irgendwo einzubiegen? Nicht mal, wenn dort Dein zu Hause ist?"

"Weiß man denn, ob da nicht schon ein anderer wohnt?" "Nicht, wenn Du Deine Miete pünktlich bezahlt hast!" Mein Blick ist wie ein erhobener Zeigefinger.

"Du redest nicht von Geld! Oder?", fragt er verständnislos. "Zu Hause wird mit Zuneigung und Vertrauen bezahlt!" "So, wie bei Dir und Tobias?" Macht er Witze?

Nein! Seine ängstliche Miene zeigt es. Er begibt sich auf dünnes Eis und fürchtet, das es nicht tragen wird? Zieht er also ein Ende mit Schrecken dem Schrecken ohne Ende vor?

"Ist es denn nicht richtig, wenn ich vorsichtig bin!", schiebt er hinterher. "Vorsichtig? Ich würde es feige nennen!", korrigiere ich. "Wäre Mut denn klug?" Mein Gott, der stellt Fragen!

"Ich muss jetzt los. Wenn wir wieder in Deutschland sind, reden wir weiter!" Er sieht mich erstaunt an.

"Ja, klar ich komme doch nächste Woche bei Dir vorbei. Kannst Du mir einen Deiner Wohnungsschlüssel geben?"

Er stellt sich dumm. „Hast Du Deinen denn verloren?" Ich bleibe ruhig, schiebe dann doch noch verärgert hinterher. „Nein, aber Du hast doch sämtliche Schlösser ausgetauscht. Da war ich erst zwei Tage weg."

„Hmh? Ich habe doch auch nur die alten Schlüssel. Hoffentlich komme ich damit rein." Will er mich auf den Arm nehmen? Oder habe ich Robin falsch verstanden? Ich hatte mich ohnehin gewundert, wieso er davon wusste.

Egal: „Kann schon sein. Das hätte aber zu dem Schreiben Deines Anwaltes gepasst." Willy: „Anwalt?" „Na, der hat mir doch geschrieben."

„Geschrieben? Was?" „Ja, schon nach wenigen Tagen. Mit den Scheidungsunterlagen und dem Datum zu dem das Trennungsjahr beginnt. Gratuliere, die ersten zwei Monate sind schon um." Meine Stimme trieft vor Ironie.

„Das ist doch ein schlechter Scherz. Oder?" Er sieht mich erst entgeistert, dann aber hilfesuchend an.

Jetzt habe ich es verstanden und zum Glück auch schneller als er. „Also wenn Du auch damit nichts zu tun hast.... äh ...dann war es wohl der gleiche Typ der die Türschlösser ausgetauscht hat." Sichtlich erleichtert nickt er mir zu.

„Mal sehen, vielleicht komme ich ja nächste Woche bei Dir vorbei", sage ich leicht hin.

Der Groschen bei ihm fällt zwar ein Stück, bleibt aber stecken. "Ach so! Du musst ja noch Deine restlichen Klamotten abholen?"

Ich sehe ihn lange an. Dieser rationale Intellektuelle, der da vor mir sitzt, ist sicher nicht dumm. Doch wenn es um Gefühle geht, ist er wohl das vielzitierte ungeliebte Kind geblieben.

Und ich? Okay, der Robin mag ein Meister seines Faches gewesen sein und hat mich manipuliert. Trotzdem. Vielleicht hat Sana ja recht.

Wenn mir jemand wirklich wichtig ist, dann mache ich ihm das Leben schwer und versehe ihn grundsätzlich mit einem negativen Vorzeichen. Denn gemäß minus mal minus ist plus wird mir der richtige Partner sowieso erhalten bleiben.

Er verzieht das Gesicht. „Oder holst Du nicht mal mehr Deine Klamotten ab?"

Keine Ahnung, ob er es ernst meint oder sich über mich lustig macht. Egal. Ich muss endlich Nägel mit Köpfen machen. „Nein, ich hole meine Klamotten nicht ab. Ich ziehe wieder bei uns ein. Einer muss ja auf Dich aufpassen! "

Ende

Professor Untergang

oder

die Rückkehr in Paradies

Wenige Wochen nach seinem Segeltörn steht Willy plötzlich im Mittelpunkt von Ereignissen, die für ihn weder nachvollziehbar noch zu beeinflussen sind.

Geht es wirklich um einen Mord, den er begangen haben soll? Oder ist er einer weltweiten Verschwörung in die Quere gekommen, die den Klimawandel für ihre Zwecke nutzen will?

Und was soll er vom diesem verrückten Typen halten, der ihm ständig mit seinen Verschwörungstheorien in den Ohren liegt ?